JN151654
愛されオメガの
幸せごはん

愛されオメガの幸せごはん

葵居ゆゆ

ILLUSTRATION：カワイチハル

愛されオメガの幸せごはん

LYNX ROMANCE

CONTENTS

愛されオメガの幸せごはん

やわらかく仕上げたミートボールに、ぎざぎざに切り込みを入れたゆで卵。みじん切りの人参と玉ねぎをたっぷり混ぜたツナをマヨネーズで和え、チーズを載せて焼いたグラタン。ごはんは鳥のかたちに型抜きして、目には黒ゴマ。ブロッコリーは小さな木に見立てて、お弁当箱の隙間に並べる。

「わー、もりのおべんとうだね！　とりさんとおはなと、木があるもん」

「わたしにもみせて！　灯里、わたしもみたいの」

「ぼくおっきいのがいいな！」

わらわらと足のまわりにまといつく子供たちに、月尾灯里はふわっと笑みを浮かべた。

「明はよくわかったね、鳥さん好きだもんね。全部つめたら陽鞠にも見せてあげる。もうちょっとだから待っててね。お弁当は同じ大きさにしてるけど、喧嘩しないって約束してくれるなら、由介の好きなお弁当箱を選んでいいよ」

「ほんと？　灯里、だいすき！」

ぎゅ、と三人が抱きついてくる。ズボン越しにむぎゅっと丸い尻尾まで摑まれて、灯里は苦笑しながら最後のブロッコリーをつめた。

新しく施設に入った子たちが馴染むまで、お弁当を作ってあげたらどうか、と提案したのは灯里で、園長先生は喜んで許可してくれた。

「はい、できあがり」

くるっと向きを変えると、キャラメル色の髪のあいだから垂れた長い耳が揺れる。きゃっきゃと笑い声をたてる三人の子供たちは、すでに見慣れてしまったのか、灯里のうさぎ耳にはまったく注意を払わず、興奮にきらきらと顔を輝かせていた。

「灯里、ありがと！」

弾んだお礼は素直なもので、子供は慣れるのも早いなあ、としみじみする。それぞれお弁当箱を持って、またあとでね、と元気よくキッチンを出ていくのを見送って、灯里は長い垂れ耳を引っぱった。

灯里はうさぎの半獣だ。

半獣はそれなりの数がいるけれど、オメガで半獣というのは珍しい。

灯里には自分の身体だから慣れたものだが、外部の人ではまだ見慣れないという人も多い。初対面で驚かれなかったことは一回もなかった。

（僕も会ったことないもんね。ほかの施設も探せば何人かはいるはずなのに、会う機会がないから）

ここは月尾学園。幼稚園から高校まで一貫教育が受けられ、寮も備えたオメガが暮らす施設だ。

男女の性別のほかにアルファ、ベータ、オメガという「新性差」が生じたのは、正確にはいつ頃かはわかっていないらしい。はっきりと認知され、生まれた人間はすべて三つの新性差のどれかに分けられるとわかったのは、わずか百年ほど前のことだった。それぞれの特性によるトラブルの対応を迫られるようになったのも、だからここ百年余りの出来事だ。

それまでの人間と変わらない、男女それぞれの機能しか持たないベータ。

半獣も多く、優秀で生命力が強く、体格にも恵まれた、男女どちらの機能も持つアルファ。

男女の性別に関係なく、二次性徴を迎えると約三か月ごとに発情期があり、妊娠出産の機能だけを持つオメガ。

比率ではベータが一番多く、アルファは全人口のわずか一割程度しかいない。オメガもアルファとだいたい同じ数だけいると言われるが、正確にはやや少ない。

最初こそ議論が紛糾したアルファとオメガは、ベータ同士よりも妊娠率が高く、すべての性別、新性差の子供が産めるとわかってからは、それまで著しかった世界的な人口減少に歯止めをかける存在として、尊重されるようになった。

厳密にいえば、アルファは優秀で国政や経済に深く関わる者も多かったから、疎まれたあとで大事にされるようになったのはオメガだ。アルファはアルファ同士やベータとよりも、オメガと夫婦になったほうが子供を作りやすいため、「優秀で重要なアルファのための相手」として、オメガも尊重されるようになった。

オメガ差別撤廃法が施行されたのは、灯里が生まれる二年近く前――たった二十年前のことだ。

以前は男女関係なく孕むというだけで、淫らなもののように扱われたというのだから、不思議なものだなと灯里は思う。

誰だって二人の人間が身体をつなげて受精しなければ生まれてこないのに、灯里自身、セックス、というと、どこか後ろめたいような、恥ずかしい気持ちになってしまう。

もっとも、灯里自身は恥じらう以前に、お嫁さんにとか、恋人にとか、望んでくれる人は現れそうにない。

「半獣、だもんね」

小さく耳を引くと、耳の付け根の頭皮が痛む。血のかよったうさぎ耳はもちろんあたたかくて、傷つければ痛いのだ。なくすことはできない。

耳尻尾つきの半獣なのは、生まれつきだから仕方ない。そう思っていてもときどき、なかったらな、と想像せずにはいられなかった。オメガなのに耳と尻尾がついていたから、親はこの施設の前にまだ幼かった灯里を置き去りにしたのだろうし、施設にお見合い話を持ってきてくれる結婚相談所の人が、「今回も灯里さんにはないです」と申し訳なさそうにするのも、半獣のオメガを伴侶に望む人が少ないからだ。

半獣オメガは、産み増やすために一番必要な体力に乏しい。

灯里も子供の頃からよく風邪をひくし、なにかといえば熱を出して寝込んできたので、なるほどお母さんとしては失格だろうな、と納得するしかなかった。

ふう、と小さくため息をついて耳をもう一度引っぱると、明るい声が響いた。

「灯里、久しぶり」

「わあ、ひかる！　早かったね！」

「うん、楽しみにしてたから」

顔を出したのは、この春、灯里と一緒に学園を卒業したひかるだった。

さらりとした淡い色の髪を持つひかるは小さい頃から美少年で、縁談もすぐに決まった。といっても、相手はアルファではなくベータだ。たまたま仕事で通りかかった彼がひかるに一目惚れし、大恋愛の末に籍を入れたのも、妊娠がわかったのも在学中で、出産は卒業式の前だった。旦那さんは穏やかな人で、仕事はすごく忙しいらしいが、ラブラブな日々だと、よく惚気の連絡をもらっている。

幸せいっぱいの証拠に明るい顔をしたひかるは、じゃーん、と効果音をつけて、抱っこしていた赤ちゃんを見せてくれた。

「幸太っていうの。旦那がつけてくれたんだけど、いい男に育ちそうな名前でしょ」

「わあ、すごいね、素敵な名前だし、顔もうかっこいいよ」

だー、と言いながらちっちゃな手を動かす赤ちゃんはぷくぷくしていて、ひかるにはあまり似ていないけれど、とびきり可愛らしい。

すっかり親の顔をして息子をあやしながらも、ひかるは首を伸ばして匂いを嗅いだ。

「この匂いはグラタンかな。んー、ミートボール、もしくはミートソースの線も捨てがたいけど、灯里のことだからお弁当作ってたんだよね？」

「ツナのサラダグラタンとミートボールにしたんだ。ちゃんとひかるの分も用意しておいたよ」

親友が生まれた子供を連れて遊びにきてくれる今日を、灯里も楽しみにしていた。

「やった！　朝ごはんも食べたんだけど、すぐおなか空いちゃうんだよね、母乳あげてるからさ」

ねー、と赤ちゃんに話しかけつつ、ひかるは勝手知ったる動きでキッチンのテーブルに着いた。もう食べるつもりらしい。ランチじゃなくてブランチの時間だけれど、灯里はさっそくお皿に料理を盛りつけた。

灯里が使わせてもらっているキッチンは、小学生以下の子供たちが暮らす寮のものだ。学校やメインの寮棟には大きな食堂があるが、ここは家庭のダイニングキッチンをそのまま少し大きくしたような造りになっている。寮生活を送る幼い子供たちの中には事情があって親元を離れている子もいるので、彼らに少しでも家庭的な雰囲気で暮らしてもらうためだった。十五畳ほどの広さに大きなダイニングテーブルが置かれ、朝ごはんと晩ごはんはみんなでここで食べる。

「今年のメンバーはどんな感じ？」

「新しく入寮した子は三人だよ。毎週実家に帰ってるし、みんないいオメガになるようにって、親が張りきって入園させたみたい」

「月尾学園は評判いいもんね。学習指導も個性にあわせてこまやかだからって、すごく偉いアルファの人からも見合いの申し込みが増えてるって」

「だからかな、今年は中学から入ってきた子も、今までで一番多いって聞いた。園長先生は大学も作りたいって言って、すごく頑張っていらっしゃるよ」

「かっこいいよね、園長先生」

妹がオメガだというベータの園長先生は、もうすぐ還暦を迎える女性だが、優しくて精力的な人だ。オメガ差別撤廃法の施行の際も、さまざまな運動に関わったという。今灯里たちが不自由なく暮らせるのも彼女たちのおかげだ。

お弁当にはつけなかったフレッシュトマトのソースをグラタンにかけて出すと、ひかるは感嘆のため息をついた。

「灯里はほんと、料理上手だよねえ。見るからにおいしそうだし、盛りつけも綺麗だし。自分でやるようになったから、改めて感心しちゃう」

「ひかるもごはん作るんだ？」

「彼も作ってくれるけど、平日は忙しいもん、任せっきりじゃ悪いと思って、頑張ってるよ。あ、こないだのレシピありがと！　簡単で失敗しなかったし、すっごくおいしかった」

「ひかるは器用だから上手にできると思ってた。電子レンジは時短にもなるし、慣れると失敗しにくいから、またなにかいいレシピがあったら伝えるね」

ひかるの向かいに座ると、彼はさっそくいただきますと言って、まずはグラタンから口に運んだ。

「んんん、おいしー！　マヨ味おいしい！」

「ツナマヨの味って小さい子も好きだよね。人参と玉ねぎはみじん切りにして混ぜてるから、苦手な子もぺろっと食べてくれるんだ」

「はあ、今の施設の子たちは幸せだなー。僕が入園した頃はお弁当サービスなんてなかったもん」

「食堂の人たちのごはんだっておいしいじゃない」

「灯里の腕には負けてると思う。……わっ、ミートボールも！　あああ～どうしてこんなにおいしいの～」

ほっぺを押さえてひかるは悶絶(もんぜつ)している。卒業するまでこの施設で一緒だったひかるは灯里にとっては幼馴染(おさなな じ)みでもある。ちょうど同じ年齢なので、ほかの友人たちよりも親しくて、灯里が趣味で作るお菓子や料理をいつも味見してくれるのもひかるだった。

「ひかる、食べるの好きだよね」

「うん、大好き。でも、どうせならおいしいものがいいもん、灯里がお弁当屋さんやるときは、僕んちの近くにしてよね」

「そうだね、僕もそうしたいな」

笑い返すと、ひかるは自分から言い出したくせに真顔になった。

「やっぱりまだ、夢はお弁当屋さん？」

「——うん」

ひかるが心配してくれているのが伝わってきて、灯里はことさら明るく頷いてみせた。

「仕方ないよ、僕には縁談はないと思うし。今はほら、昔と違って働いてるオメガもたくさんいるじゃない？　自分でお店をやるのだって、無理じゃないと思うんだ。このまま期限の三年間施設で働かせてもらえば、お金も貯められるし」

現在の灯里の身分は、施設の職員だ。

卒業から三年のあいだ、卒業生は無条件でスタッフとして働くことが認められている。大学に進学する人もいれば、ひかるのように在学中に結婚がまとまることもあるけれど、たいていのオメガは在学中にお見合いをして、卒業と同時に結婚する。全国各地に点在するオメガのための学園は、オメガ差別撤廃法のあとは良妻賢母を育成する学校として機能しているからだ。伴侶にオメガを、と考えるアルファにとっては、相手を選びやすいというメリットがあり、オメガにとっては発情期を気にしなくていい安全な生活圏が約束され、幸せな将来も摑みやすい、というわけだ。

在学中に話のまとまらなかった灯里のようなオメガや、本人の希望で卒業まで見合いをしなかった人が施設に残り、働きながら縁談を待つのだが、最近では残って働く人の数は減っているので、人手不足だった。

　そのため灯里は、育ててくれた園長先生への恩返しも兼ねて、進学を選ばず施設に残ると決めた。

「でも、ひとりでお店は大変だと思うな」

　ひかるは思案顔だ。

「いくら抑制剤飲んだって発情期がなくなるわけじゃないもの、心配だよ。うっかり引き寄せられたアルファに乱暴される事件って、あとをたたないでしょ」

「そのときはお店を閉めればいいだけだよ、大丈夫」

　灯里だって不安がないわけではないが、いずれにせよひとりで生きていくなら、どこかで腹をくくらなければならない。

「僕は、灯里はずっとこの施設で働くほうが安全だと思うけど……灯里がなにかしたいって言うのはお弁当屋さんだけだもんなあ」

　ひかるは仕方なさそうに、でも励ますように微笑む。

「昔っから灯里って自分の希望とか、したいことって言わないよね。出かけるときも前にひかるが行きたいって言ってたところにしようとか言うし、施設に残って手伝うのだって園長先生のためでしょう。そういう灯里がやりたいっていうことは、応援しなくちゃって思うよ」

「ありがとう、ひかる」

「でも、結婚も諦めなくてもいいんじゃない？　まだ十八なんだし、僕みたいに灯里にだって、突然大恋愛に落ちる相手がいるかもしれないじゃない」

半月もしないうちに十九歳になるけれど、灯里は黙って微笑んだ。

話しながらあっというまに食事を終えたひかるは、「幸太にもミルクあげるね」と断ると、シャツの前を開けた。

幸太を抱き、口元を乳首に近づけると、幸太は素直に口に含み、んく、んく、と飲みはじめた。ほわっと表情がゆるんで、幸せそうだ。

「すごい、可愛いね……」

「ね、この顔可愛いよね。僕まで幸せな気持ちになっちゃう」

目を伏せて我が子を見つめるひかるは頰をばら色に上気させていて、灯里は目を細めた。大事な友達が幸せなのは、灯里も嬉しい。

「灯里はさ」

母乳を飲む我が子を優しく支えながら、ひかるは独り言みたいに言った。

「僕の友達の中でも一番いい子だし、絶対幸せになれると思うんだ。だって、絶対愛されて生まれてきてるもん。ほんとにいらない子供だったら、施設に置き去りにするときに、お弁当とか名前を書いたカードを置いていったりしないでしょ」

「――うん」

この施設の前に捨てられていたとき、お弁当とミルク、それに名前と生年月日を記したカードが灯里と一緒に置かれていたそうだ。きっとご事情があったのよ、と園長先生は言ってくれて、灯里もそうだったらいいなと思っている。

本当に大切な子供だったら、そもそも置き去りにはしない――とは思うけれど、ひかるの言うとおり、望まない子供だったなら、ただ捨てればよかったのだ。

でも灯里の親はそうしなかった。ちゃんと名前をつけて、手作りのお弁当を添え、オメガでも安全に暮らしていける場所まで連れてきてくれた。当時一歳になったばかりだった灯里に、お弁当は無駄だ。それでもわざわざ作ってくれた理由を、「ずっと未来まで幸せでいてほしかったんじゃないかしら」と園長先生は言ってくれて、灯里はその話を聞くのが好きだった。

何度も聞いたせいで、お弁当には特別な思い入れがある。

だから、夢はお弁当屋さんなのだ。

おいしくて心があたたかくなるようなお弁当のお店。家族が作ってくれたお弁当が一番だけど、そうじゃなくても、お弁当って嬉しいものだから。

「だからね、僕、灯里は結婚しても、お弁当屋さんをやっても、どっちでも成功すると思うし、成功するように応援してるから」

「うん。心配してくれてありがとう」

微笑んだ視線の先、幸太がぷあ、と口を離した。唇の端からはミルクが垂れていて、それをひかるがぬぐってやる。肩に抱き上げて背中を叩き、げっぷをさせる手つきも慣れたものだ。

「園長先生にはもう幸太を見せたの？」

「まだこれから。一番最初に見せるのは灯里にって決めてたから。灯里も子供ができたら僕に一番に見せてよね。もちろん旦那さんの次でいいからさ」

「うん。そういう日が来たら、絶対そうするね」

「お弁当屋さんをはじめたら、お客さん一号も僕だから」

「ありがとう、よろしく」

賑やかで奔放なひかるといると心がなごむ。

それじゃ二人で園長先生のところに行こうか、と腰を上げ、使った食器を流しまで運ぶと、開けっぱなしのキッチンのドアがノックされた。

顔を出したのは施設のスタッフの先輩だった。

「灯里、園長先生が呼んでるよ。お客様だそうだから、急いで行ってね」

「わかりました」

なんだろう、とひかると顔を見合わせたが、ちょうど彼女のところに行くつもりだったのもあって、二人でキッチンを出た。

同じ小学寮の建物の一角に園長室はあり、彼女は来客ともそこで会う。

ノックすると、園長先生自らがドアを開けてくれた。

「灯里、急にごめんなさいね。あら……ひかるも一緒だったの？」

「赤ちゃん見せにくる約束だったでしょう？　先に灯里と会って、お昼をご馳走になってきたとこなんです。来客の予定が終わったらゆっくり会ってやってください」

ひかるは眠そうな幸太を園長先生に見せると、彼女は「いいわよ」とにっこりした。

「いらしてるのは田中さんだから、ひかるも一緒にお入りなさい」

「田中さんて、『ハッピー縁結び』の田中さん？」

ひかるはくるっと目を丸くして灯里を見、灯里は困って首を傾げた。「ハッピー縁結び」はオメガとの縁談を多く取り扱っている結婚相談所で、社員の田中は月尾学園の担当だ。

また「灯里さんにはお申し込みがなくて」という謝罪だろうか。

室内に招き入れられると、大柄でいかにも人のよさそうな顔立ちの田中が立ち上がった。

「灯里さん！　俺はこの仕事について初めてっていうくらい興奮してます！」

「こんにちは田中さん。なにかいいことがあったんですか？」

園長先生に促されて、ひかると二人、田中の向かい側に座る。園長先生は上座の椅子に腰掛けた。

田中は満面の笑みだ。

「実は、奇跡のようなお話がきたんです！　こちらの学園出身の、半獣のオメガを妻に迎えたいという、ピンポイントなご指名です！」

「それは……たしかに、すごいですね」

興奮している田中の勢いに押され、灯里は小さく頷いた。人数も少なく、普通のオメガより体力がないとわかっているのに、指名して結婚相手に望むだなんて聞いたことがなかった。

「なんでもご事情があるとかで、そういうご指名なんですよ。真野様といって、弊社でおつきあいのある学者さんがいらっしゃるんですが、その方のご紹介で依頼がありまして。東桜路さんという方です」

「あら、東桜路さんなら、半獣アルファの多い家系よね」

園長先生が身を乗り出した。

「昔一度お会いしたことがあるわ。男性の——たぶん今回の依頼の方じゃないと思うけど」

「年齢は三十六歳だそうですから、違うんじゃないですかね。真野様の同僚で、研究職だそうです。外国から戻られたばかりとかで、結婚を急ぎたいので、すぐ会える方で、子供好きで、できればすぐに母親になれる方をと」

「灯里にぴったりじゃん！」

ひかるが顔を輝かせて灯里の手を握った。

「灯里、発情期もうすぐだよね？」

「う……うん」

灯里はぱっと赤くなった。幼馴染みだから周期を知られているのは当然だが、ベータの田中の前で身体のことを言われるのは少し恥ずかしい。

田中も気恥ずかしそうに両手と首を振った。

「いえ、俺の言い方が悪かったですね。すぐに母親にというのは、あまり若い子でないほうがいいってことみたいですよ。結婚したらすぐ家庭に入ってもらいたいから、在学中ではなく卒業生で、と」

「なんだ、どっちにしても灯里はあてはまってるよね。半獣で子供好きで卒業生！　こんなに条件にぴったりなの、日本全国探しても灯里しかいないいんじゃない？」

「そ……う、かなあ」

ひかるは嬉しそうだが、灯里は戸惑いのほうが大きかった。

「田中さん。僕はうさぎの半獣ですけど、それでも、その東桜路様はかまわないんでしょうか」

「半獣の種類を指定はされていませんから、大丈夫だと思いますよ」

田中はにこにこ顔を崩さない。

「俺もね、灯里さんの人柄はよく知ってるので、できたら素敵なご縁を紹介できたらと思ってたんですよ。半獣というだけで敬遠するにはもったいないと思って。そこにこのお話でしょう？　もう、自分の息子に縁談がきたってくらい嬉しくって」

「田中さん結婚してないじゃない」

「それくらいの気持ちってことですってば、ひかるさん。ひかるさんだって興奮しません？　まるで運命のつがいのようなお話だなって」

「わかる！　ロマンチックだよね！」

ひかるは灯里の手を握ったままうっとりし、田中も胸の前で両手を組んで夢見心地のため息をついた。

「俺の夢なんですよね。アルファの方とオメガの方、運命のつがいのお二人が出会う手伝いをするっていうのが。それに憧れてこの業界に入ったくらいですから！」

「田中さんてロマンチストだよね。僕も正直憧れてたけどさ……僕の運命の人は今の旦那だと思ってるけど、大事な親友に運命のつがいが現れたら最高だなあ」

二人にそろって期待に満ちた眼差し（まなざし）を向けられて、灯里は困って微笑を浮かべた。

「運命のつがい」というのは、アルファとオメガのあいだにだけ生まれる特別なつながりのことだ。出会ったときから互いに惹（ひ）かれあい、アルファがオメガの首筋を噛（か）むことで、生涯決して離れない二人になるという。通常、ベータでもアルファでもオメガでも、結婚しても離婚することはあるし、そのあとに別の人と結ばれることもあるが、運命のつがいは代わりのいない唯一無二の相手だ。また、運命のつがいを得たアルファは、相手のフェロモンにしか反応しなくなるという。

世界的な人口減少に歯止めをかけるものとして受け入れられた新性差以上に、その純愛の関係は羨望と憧れを持って知られている。けれど、実際に運命のつがいに出会う確率はかなり低い。この施設でも創設以来まだ例がないし、全国でも数例しかないはずだ。

そんな特別な絆に、自分が恵まれているとは、灯里は思えない。

だが、突然舞い込んだ縁談を田中もひかるも喜んでくれているのは、痛いほど伝わってきた。

「二人とも、ありがとうございます」

頭を下げると、園長先生がぽんと手を叩いた。

「盛り上がるのはわかるけれど、お話の当人は灯里ですからね。まだお会いしてもいないんだし、先走るのはよくないわ」

「そうですよね――すみません」

大柄な身体を縮めて田中は座り直し、真面目な顔で灯里を見つめてくる。

「よければ会うだけでも会ってみませんか。あちらが最初は自宅でお会いしたいそうなので、ご住所はうかがってます。俺も興奮して、心当たりの人がいますって伝えてあるから、きっと期待して待ってると思うんです。すぐに電話しますし、先方はいつでもかまわないからできるだけ早くと言っていたので、灯里さんさえよければ、今日これからでも」

「今日、これからですか？」

「ええ、善は急げといいますから！」

にこやかに言い切られ、灯里は迷って園長先生を見た。彼女は穏やかに頷いた。

「今日は午後のおやつ作りはお休みしたら？ 急いでいるのにもなにか事情があるんでしょうし、東桜路家の方ならひやかしということもないでしょう。自分の目でお相手を確かめていらっしゃい」

「そうだよ灯里、こんなチャンスめったにないよ。きっとこれが大恋愛の前触れで、会ったら一目で恋に落ちちゃうかも！」

「俺も、灯里さんなら絶対、会えば気に入っていただけると思います！」

口々に後押しする三人は、灯里を大切に考えていてくれる。

その気持ちが嬉しくて、灯里は頷いた。

「じゃあ、行ってきます」

たぶん、あまり期待はできないけれど。

（……でも、もしかしたら、万が一くらいは、ひかるが言うみたいに）

会ったらすごく素敵な人で、恋に落ちてしまうかもしれない、と思うと、胸がちょっとだけときめいた。

灯里は恋をしたことがない。けれど、もしも叶うなら、自分の家族を作りたいとは思う。優しい旦那様に、可愛い子供たちが何人もいて、明るくて楽しい愛しあう家族がいたら、どんなに素敵だろうと思うのだ。

ひとりで生きていくことになっても仕方ない、と言い聞かせていても、愛してほしくないわけじゃない。人生で一度くらいは、恋をして、愛されてみたい。

そんな夢を抱くのさえ、自分には過ぎた願いかもしれないと感じていたけれど。

(わざわざ半獣のオメガをって指定は変わってるけど、ご家族の方が園長先生と会ったこともあるなら、きっと優しくていい人だよね)

子供好きで、すぐに家庭に入れる相手を希望するということは、子供の多い家庭を築きたい人でもあるのだろう。

お辞儀して園長室を出て、支度するために自室に向かいながら、灯里はうさぎ耳に触れた。

会って気に入ってもらえたら、その人と家族になるのだ。

ずっと一緒に暮らすことになるかもしれない相手だと思うと、緊張と期待と不安とで、たまらなくどきどきした。

田中に教えてもらった住所は都心からはだいぶ離れた場所で、施設から一時間半ほどかかった。田中に教えられた住所と地図を頼りに、綺麗に整備された駅前の商店街を抜けると、ゆったりした造りの低層マンションや戸建てが並ぶ住宅街になる。

ところどころに居心地のよさそうなカフェやレストランがあって、のんびり暮らすのによさそうな街だ。子供も多いようで、公園もよく見かける。

周囲を眺めつつ春風の吹く道を進むこと十分ほどで、目指す家に到着すると、東桜路の表札のかかった家は見事な洋館だった。庭も広く、門は瀟洒（しょうしゃ）な鉄製で、どきどきしながら呼び鈴を押すと、すぐに応えがあった。

『はい』

「あの、ハッピー縁結びさんのご紹介で……本日お会いいただけるとのことでしたので伺いました。月尾灯里と申します」

『――ああ、田中さんから聞いています。どうぞ入ってください』

応対してくれる声は本人なのか、落ち着いていて、渋みさえ感じさせるトーンだ。灯里は門を開け、庭に足を踏み入れた。

「……わあ、綺麗なお庭」

ほどよく木が植えられた芝生の庭は、子供が遊んだり、ランチを食べたりするのによさそうだ。広いから、その気になればキャンプもできそうで、つい口元がほころぶ。家は庭に面して大きな窓があり、おそらくあそこからも出入りできるのだろう。中はリビングだろうか。

すごく素敵だが、その分、心配にもなった。

これだけ立派な家に住んでいて、園長先生も知っているような家系の人ならば、灯里の生まれを気にしないだろうか。実の両親がわからないと知ったら、それだけで断られるかもしれない。

断られるのは仕方ないが、期待して送り出してくれたひかるたちをがっかりさせるのは申し訳ない。少しでも気に入ってもらおうと背筋を伸ばし、耳を隠すためにかぶってきた帽子を脱いでから、灯里は玄関ドアをノックした。

すぐにドアが内側からひらく。灯里は急いで笑みを浮かべた。

「初めまして。月尾で、す――」

目線の先にはがっしりした喉があって、背が高い人だとわかって慌てて視線を上げる。そうして、灯里は目を瞠った。

あたたかい風が身体を通りぬけたような感覚がして、とくん、と心臓が鳴る。懐かしさに似た心地に、まじまじと相手を見つめてしまう。

いかにもアルファらしく体格に恵まれた、寡黙そうな、くっきりと端正な顔立ちの男だった。高い鼻梁(びりょう)に濃い眉(まゆ)。顎(あご)も額もしっかりとして男らしく、静かで深い色の瞳が印象的だ。

その目が灯里を見下ろして、訝(いぶか)しげに細まった。

「きみ……」

なにか言いかけた彼の足元で、ふえ、と小さな声がした。はっとして見ると、彼の足にはまだ幼い、三歳くらいの子がしがみついていた。ピンと大きな耳が立ち、後ろにはふさふさの尻尾が床に垂れている。きゅうっと眉を寄せた顔は不安げで、今にも泣き出しそうだった。

灯里は反射的にしゃがんだ。

「おおかみさんかな。こんにちは」

視線をあわせると、子供はこわごわと灯里を見つめてくる。男——東桜路の子供だろうか。初めまして、と灯里は笑いかけた。

「僕は灯里っていうんだ。きみは？」

「……」

つられて口をひらきかけた子供は、ぱっと頬を赤くすると、警戒(けいかい)したのか男の後ろに隠れてしまう。無理に覗(のぞ)き込むことはせず、灯里は立ち上がった。

「すごく可愛いですね。お子さんですか？」

子供がいるとは聞いていなかったが、東桜路にくっついて離れないところを見ると、彼の子供とし

か思えない。

だが、難しい表情の東桜路には、耳も尻尾も見当たらなかった。

「本当にきみが、田中くんの言っていた半獣オメガの、月尾灯里なのか？」

東桜路は灯里の問いかけを無視して、逆に聞いてくる。

「はい、そうです」

「男じゃないか」

「え……？」

意外な言葉に、灯里はびっくりしてしまった。言われている意味がよくわからない。

「男……です、けど」

「私が希望したのは母親になれるオメガだ」

「──僕はオメガなので、母親に、なれますけど」

話が噛みあっていないようで、灯里は困って首を傾げた。

「あの、田中さんには、子供好きで、半獣で、すぐにでも母親になれるように、若すぎない年齢のオメガを、と伝えられたんですよね？　僕はそううかがっているんですけれど」

「そのとおりだ。だから話が違うだろう。きみは男だ」

繰り返され、もしかして、と思い当たった。

「女性のオメガをご希望だったんですか？」

東桜路はじれったそうだった。灯里はちくりと胸が痛むのを隠して笑みを浮かべた。

どうやら行き違いがあったようだ。

「そう言ってる」

「外国から戻っていらしたばかりだとうかがいました。日本では、今は、男女の性別に関係なく、子供を身ごもって産んだほうを母親、精子を提供したほうを父親と呼ぶことになっています。……いらっしゃった場所では違ったのかもしれませんけど、決して田中さんが間違えたとか、約束を破ったというわけではないので、責めないであげてください」

「……そうなのか。知らなかった」

東桜路はやや決まり悪げに視線を逸らした。

「すまないな。外国暮らしが長いからというより、私が単に世情に疎いんだ。自覚はある。研究にのめりこむと、ほかに意識がいかなくなってしまう」

ぶっきらぼうな口調だが、悪気はなさそうだった。研究一筋で暮らしてきた人なのだろう。後ろに隠れている子供の頭に手を乗せて撫でる仕草は、ちゃんと優しそうだった。

「母親になれる人間をと頼んだのは、この子のためなんだ。珠空という。三歳になったばかりで、私の子ではなく、弟夫婦の子供だ」

「お泊まりに来てるんですね」

「いや。弟夫婦は亡くなったんだ。先日、事故で——もう二か月経つ」

淡々と言われ、灯里はびくりとして、慌てて頭を下げた。

「っ……、すみません。無神経なことを……」

「かまわない。私が引き取って親になることにしたはいいが、子育ての経験はなくてね。それで子供好きの相手を探すことにした。珠空の母親はオメガで女性だったから、それで女性のオメガをと伝えたつもりだった。すぐにでも母親代わりになって、寂しくて不安がっている珠空を慈しんでほしかったんだ。うちの家系は代々狼の半獣が多いんだが、あいにく私には狼の特徴が出なくてね。弟が半獣で、この子も半獣だから、同じ立場でいろいろ教えたり手伝ったりできる人がいいと思って、半獣という希望も出した」

「なるほど。それで、オメガで半獣で、子供好きで、すぐにでも母親になれる人、だったんですね」

理由を聞けば、ちゃんと納得できる内容だった。

半獣アルファの家系でも、両親が二人とも半獣でないかぎりは、子供が半獣とはかぎらない。ベータやオメガが生まれる可能性もあるから、同じ家族に半獣と普通の人間とがいるのが普通だ。

半獣は人間よりも一般に身体能力が高いと言われるが、とくに小さいうちは同じ年頃の子たちよりも不器用なことが多い。そのため、ついていけずに心に傷を負ったりもするのだ。尻尾や耳の手入れなど、半獣同士のほうが悩みも共有しやすい。

両親を一度になくしてしまった甥っ子に、できるだけいい環境を用意したい、と東桜路は考えたのだろう。この機会に自分も結婚し、珠空の親になろうとするくらいだから、真面目で誠実な人に違いなかった。

いい人でよかった、と思いながら小さく息をつき、彼を見上げる。

「ご事情はよくわかりました。きちんと聞かずに訪ねてきてしまって、却って申し訳ありませんでした」

「――いや」

「田中さんには、僕からも事情を伝えておきますね。月尾学園だと半獣オメガは僕だけですが、探せばきっと条件にあう方がいらっしゃると思います。田中さんが探してくださるはずですから、その方とお会いになってください」

頭を下げて、灯里は踵を返した。

少しだけ残念だった。もしかしたら、と期待してしまった分だけ、相手に望まれていなかったとわかると寂しくなる。

ひかるのこともがっかりさせちゃうなあ、とため息を呑み込み、ドアの外に出ようとしたとき、ぽすん、と足に重みがかかった。

「……珠空くん？」

小さな両手が、灯里の足を摑んでいる。珠空は顔を押しつけて、すん、と可愛らしく鼻を鳴らした。

「におい、ママの」

「ママの——」

ひやっとして、手の中の帽子を握りしめた。珠空の母親もオメガだったと言うから、たぶんオメガのフェロモンのことだ。

ひかるに指摘されたとおり、灯里の発情期はもうすぐの予定だった。半獣のせいか、あるいは個人的な体質か、灯里の周期は不安定なのだが、もう四か月きていないから、そろそろのはずだ。症状を軽減するために抑制剤は飲んでいるが、フェロモンは多少分泌されているかもしれない。

東桜路が眉をひそめた。

「きみ、発情期が近いのか？」

「——はい。すみません」

謝りながら珠空を優しく引き離そうとしたが、珠空はぐずって首を振り、いっそうしがみついてくる。

「や。ママ。ママなの！」

「珠空。わがままはよしなさい」

かがんだ東桜路は珠空の肩に両手を置き、灯里を見てさらに渋面になった。

「近づくと思ったよりも匂いがきついな。私はオメガには縁がないんだが……フェロモンというのは、発情期じゃなくてもこんなに強烈なものなのか？」

「……、すみません」

かあっと身体が火照って、灯里は首筋を押さえて俯いた。オメガの発情フェロモンについて、こんなにあけすけなことを言われたのは初めてだった。普通、マナーとして匂いの強さには言及したりはしない。

「急いで帰りますので」

「や、ぁ、だっ」

東桜路の手をいやがって、珠空が涙声をあげた。

「だっこ、ぼく、がまん、したもんっ。ママのだっこが、いいのっ」

涙が滲むととまらないのか、珠空は灯里の膝に顔を埋めて泣きはじめてしまう。灯里は困って東桜路を見上げた。許されるなら、少しのあいだだけでも抱きしめてあげたい。

東桜路は仕方なさそうにため息をついた。

「きみがよければ、上がってくれ。珠空が気に入っているならそれが一番だ」

「——はい。お邪魔します」

無理に引き剝がされずにすんだことにほっとして、灯里は珠空の両脇に手を入れた。

抱き上げると、珠空はぶわっと涙をこぼして、強くしがみついてきた。小さい身体は熱いほどで、いたいけさに胸がきゅっと痛む。

「寂しかったね。珠空くん、偉いねえ」

ああう、あああう、という泣き声は哀れだが、狼の子供の遠吠えみたいで可愛らしくもある。

片手で抱きかかえて靴を脱ぎ、東桜路について家の中に入ると、案内されたのはリビングだった。

予想どおり庭に面したリビングは窓からたっぷり光が入り、いかにも家族団らんにぴったりの明るさだ。木製家具はブラックチェリー材で統一されていて、どれも真新しく、ほのかな桜色が美しい。

木製のフレームにクリーム色の革張りのソファを示されてそこに座ると、珠空は泣きやみ、灯里の垂れた耳に触れた。ぴるぴる動かしてやると、びっくりして目を見ひらく。

「おみみ、うごくの」

「うん。珠空くんのとはかたちが違うけど、ちゃんと動くよ。珠空くんのも動くでしょ？」

「んー」

ぴるん、と珠空は自分の耳を振って見せ、灯里の耳を摑むと口を開けた。小さい乳歯で、もむもむ、と甘噛みされる。

「こら珠空。なにしてるんだ」

一度リビングから出ていった東桜路は、灯里の耳を口に含んだ珠空を見るとぎょっとした顔になった。いいんです、と灯里は彼を見上げた。

「半獣の子供はこうやって、親や年上の兄弟の耳を甘噛みすることも多いんですよ。愛情表現で、甘えているだけなので、叱らないであげてください」

「――そうなのか？　私の弟は半獣だが、弟が小さい頃もされたことはなかったと思うが……まあ、きみがいいなら」

東桜路は複雑な顔をして向かいのソファに腰かけ、ローテーブルの上に紙とペンを置いた。

「婚姻届だ。私の分の記入はすんでいるから、きみの署名を入れてくれ」

「えっ？　こ、婚姻届ですか？」

見ればたしかに、テーブルの上の紙は婚姻届だった。珠空の背中を撫でながら、書類と東桜路を見比べてしまう。

「……あの、でも、さすがに、急すぎないでしょうか。東桜路さんのご事情はわかりましたので、僕、なんでしたら住み込みのベビーシッターとして、しばらくこちらにお邪魔してもかまいません」

「いや。それだとまた珠空を混乱させてしまうだろう。一度慣れた相手がまたいなくなる事態は避けてやりたいんだ」

「……それは、わかります、けど」

「弟や義理の妹の分も愛情たっぷりに育ててやりたいからな。それには父親としての私だけでなく、母親を務めてくれる人間が必要だと思う。きみは、私との結婚はいやか？」

かるく手を組んで聞いてくる東桜路の目はまっすぐだった。三十六歳だと田中は言っていたが、鷹揚な落ち着きだけならもっと上にも見える。少し世間からズレているところは、学者っぽい純粋さもうかがえて、悪い印象ではなかった。

見つめ返すと、また胸の底がふわっとした。あたたかい風が吹き抜けていくような、どこか懐かしい錯覚。

「……いや、じゃ、ないです」

答えたら急に恥ずかしくなって、灯里は珠空を抱きしめて俯いた。

「では、結婚するとなにか支障でも？」

「支障は……」

三年は園長先生に恩返しするつもりでいたけれど、彼女は灯里が結婚するほうが、施設で働くよりも喜んでくれるだろう。

家庭に入ってほしい、というのが条件だったから、結婚したらお弁当屋さんをやるのは叶わなくなる。だが、家族ができて、彼らのためにお弁当を作ることができるのだから、本来の夢が叶うのだ。

「僕のほうは支障はありません。でも、東桜路さんは本当にいいんですか？」

そっと視線を上げれば、見つめたままの彼と目があう。

「僕は……もともと、捨て子なんです。それで園長先生の養子にしていただいて、月尾を名乗っていますが、どういう生まれかはわかりません。それに、半獣とはいえうさぎですし、男です」

「なんだ、まだ気にしているのか」

ふっと東桜路の目元がゆるんだ。

「男じゃないか、などと言った私が悪いが、私自身はパートナーを選ぶのに性別はどちらでもかまわない。珠空が懐くほうが重要で、彼はすでにきみを気に入っているようだ」

「そう……みたいですね」

灯里の耳をゆるく咥えたまま、珠空はうつらうつらしはじめていた。

「母親と同じ女性をと考えた私が浅慮だったということだ。それに、珠空を大事にしてくれるのであれば身寄りもどうでもいいし、うさぎでも問題ない。現にその耳を咥えるのだって、私よりもきみのほうが半獣の行動に詳しくて、正しく対応できている。きみは私の希望どおりの、パーフェクトな結婚相手だ」

じわりと顔も、うさぎ耳も熱くなった。パーフェクト、だなんて、言われたことがない。

(変わってるけど、すごくいい人そう)

なにより、不思議と感じる懐かしさが、灯里の心を捉えていた。

だめでした、と施設に戻って報告し、がっかりされるより、求めてくれる人がいるなら、ここにいたい。自分でも、この人と小さな子供の役に立てるなら。

（珠空くんにも、いっぱい愛情を注いであげたいし）

半分以上眠りに落ちかけた幼子を静かに抱き直して、灯里は深く頭を下げた。

「ふつつか者ですが……どうぞ、よろしくお願いいたします」

東桜路の下の名前は、貴臣（たかおみ）といった。

海外に本社がある製薬会社の研究施設に勤めているが、現在は珠空のために出勤せず、自宅の書斎で仕事をしている。広々としたこの家は、もともと弟夫婦が購入したもので、事故に遭う少し前に引っ越してきたばかりだったのだそうだ。

華やかな色あいが魅力のブラックチェリー材は、年月を経ると落ち着いた赤褐色（せきかっしょく）に変わっていく。心踊る明るさからしっくり馴染む色に変化していくのにあわせて、珠空の両親は家族としての歴史を重ねていきたいと思っていたのかもしれない。

キッチンの使い勝手もよく、家事動線も考えられていて、洗い物や洗濯といった仕事をこなすあいだも、リビングで遊んでいる珠空の様子を見守りやすい。

きっと仲のいい幸せな家族だったのだろうと、家を見るだけで感じられるくらい、居心地のいい家だった。

午前中の家事をすべて終えたところで、灯里は深呼吸した。階段を上がって東桜路の書斎の前に立ち、仕事の邪魔にならないよう、静かにドアをノックする。中からの返事を待って、少しだけ隙間を開けた。

書斎だけは掃除も東桜路が自分ですませるから、灯里は中に入ったことがない。

「あの――貴臣、さん。お昼、どうしますか？」

「ああ、もうそんな時間か」

机に向かっていた東桜路は時計に目をやると頷いた。

「すぐに行くから、先に珠空と食べていてくれ」

「はい。あの、今日は庭で食べようと思うんですが、かまいませんか？」

「ああ、私はかまわないよ」

とりたてて興味のなさそうな返事だった。すぐにパソコンに向き直る背中を見つめ、灯里はそっとドアを閉めた。

この家に東桜路の妻としてやってきて十日。家の居心地はいいし、家事は好きだし、珠空の面倒を見るのもやり甲斐(がい)がある。突発的に決まった結婚にしては、恵まれていて順調なスタートだ。新婚生活を心配してくれたひかるにも、お相手は素敵な人だし子供も懐いてくれたと報告ができて、彼もほっとしてくれたようだった。

唯一慣れないのが、東桜路の他人行儀さだった。

東桜路は三食とも珠空と一緒に食べてくれるのだが、もともとおしゃべりなタイプではないようで、食卓はいつもしんとしている。静かすぎると珠空が不安げなので、灯里は意識的に話しかけてみたものの、東桜路にはなにを言っても返事が短く、会話が続かなかった。自然、会話は灯里と珠空だけになった。

家にいるといっても、食事のときと、夕食後のひととき以外は書斎にこもりきりだし、夜も書斎で寝ているようだ。ひとりで立派な主寝室を使わせてもらうのは申し訳なくて、灯里は自分が別の場所で寝るからと申し出てみたが、「それにはおよばない」と却下されて終わりだった。

きわめつけに、東桜路は極力、灯里には近づかない。

夫婦なのだから下の名前で呼ぶように、私もそうするから、と言われたけれど、名前の呼び方くらいではどうにもならないほど、二人の心の距離は遠い。

(――やっぱり、フェロモンが不愉快……なんだろうな)

彼を見ていれば、今回の結婚は純粋に珠空のためのもので、彼自身にはなんの感情もないのだとよくわかる。

書類上は夫婦でも、実質は住み込みの家政婦にすぎない。事務的な関係だと証明するように、結婚を祝う行為はいっさいなく、彼の親と会うこともなければ、そろいの指輪を贈られることもなかった。

それを寂しく感じてしまうのは、贅沢なのだろうけれど。

無意識に首筋を押さえてキッチンに戻り、水で抑制剤を飲み下す。

と、キッチンカウンターの脇から珠空が顔を出した。

「ねえとーり、まだ？」

「今行くよ。珠空、お弁当ひとつ持ってくれる？」

三つあるお弁当の包みのうち、小さいものを渡すと、珠空はこっくり頷いた。

両手で慎重に抱え、そろそろと窓に向かっていく。灯里は耳を隠すためのニット帽をかぶると、残りのふたつと水筒を手にあとを追いかけた。窓を開けてやれば、珠空は上手に靴の上に足を下ろす。

「ああ待って。ちゃんとはかせてあげる」

「すぐできる？」

「うん、すぐだよ。お弁当、重たい？」

「おもくない！」

力の入った尻尾がぴんと伸びて、珠空は得意げな顔になった。

「ママ、たからはなんでもじょうずって、ゆったから、おもくない！」

「そっか。珠空、かっこいいねえ」

彼の中ではどう処理がされたのか、灯里のことを「ママ」とは言わず、とーり、と舌足らずに呼ぶようになった。ときどきは自分からこうして両親のことを口にしたりもする。表情は少し明るくなって、笑ってくれるようにもなったが、疲れたり眠くなったりすると、灯里の匂いを嗅ぎたがった。

両親にはたくさん可愛がられていたのだろう。甘えっこではあるけれど、行儀もいいし聞きわけもいい。半獣らしく身体も丈夫で、思った以上に手がかからないのが、灯里からすると不憫だった。

（もっと甘えたり、わがままを言ってくれてもいいのに）

ガーデンテーブルとセットの椅子を引いてやると、珠空はきちんと「ありがと」と言って、テーブルの上にお弁当を載せた。自分で椅子によじ登り、そわそわと灯里を見上げてくる。

「おとーさん、まだ？」

おとーさん、と呼ぶのは東桜路のことだ。そう呼ぶようにと東桜路が言ったので、ちゃんと言いつけを守っている。

「すぐ来てくれるって。先に灯里と食べてようね」

珠空の隣に座って首にスタイをつけてやり、ついでに頭を撫でてやった。縦に尖った三角の耳はすっかりお弁当のほうを向いていて微笑ましい。

いただきますをして蓋を開けると、目がきらきらと輝いた。

「とーり、これなにっ？　これなにっ？」

「それはね、お魚のクリーム煮だよ。お星様は人参ね」

メインのクリーム煮は身のやわらかい鱈で、骨は全部抜いてある。つけあわせは紫芋をマッシュして甘く味つけしたものと、あっさり塩味の卵焼き。ごはんは五目ひじきを混ぜておいなりさんにし、うさぎと犬の絵のついたピックを挿した。

「おいなりさんは手で食べていいからね」

「はぁい」

さっそくクリーム煮をスプーンで口に運び、珠空は幸せそうに目を細めた。

「おいしいねえ。すっごくおいしいねえ」

「おいしくてよかった。珠空がいっぱい食べてくれるから、灯里も嬉しいよ」

魚は珠空の好物なので安心だったが、心配なのはつけあわせだ。芋の類があまり好きではないので、色を変えて綺麗にマッシュし、バターと混ぜて甘くしてみた。それをこわごわスプーンで口に入れた珠空は、神妙な顔で咀嚼したあと、ごくんと飲み込んだ。

「おいも、たべれる」

「ほんと？　よかった、ありがとう」

ほっとして灯里も自分の弁当箱を開けた。中身は三つとも同じだ。おいなりさんから食べはじめると、ようやく東桜路が姿を見せた。

黙って灯里たちの向かいに座る彼に、珠空が興奮気味に言った。

「とーりのおべんと、おいしいよ！　おいも、たべれるの」

「そうか」

短い相槌（あいづち）だけを返して箸（はし）を手にした東桜路は、眉ひとつ動かさないままクリーム煮を食べる。おいしいね、と珠空が話しかけても、小さく頷くだけだ。

灯里はそっと珠空の肩に手を置いた。

「珠空、食べて一休みしたら、ボールで遊ぼうね。全部食べられそう？」

「うん、たべれる」

おいなりさんを鷲（わし）掴みした珠空を見守りつつ、水筒からほうじ茶を注いで東桜路の前に置く。

「お茶、熱いので気をつけてください」

「ああ」

東桜路はどのおかずを口に入れても淡々としている。お口にあいませんか、と聞きたくなるのを、灯里はひそかに呑み込んだ。おいしいともまずいとも言わないが、彼が残すことはないから、たぶん大丈夫なのだろう。

うるさいのを好まないなら、あれこれ話しかけるのも気が引ける。

黙々と食事を片付けた東桜路は、珠空が食べ終える前に席を立った。

「すまないが、午後三時までに終わらせたい仕事があるんだ」

「はい、わかりました。夕食は普段どおり、七時でかまいませんか？」

「ああ」

去り際に東桜路は珠空の頭を撫でていき、珠空はくすぐったそうな顔をした。

「おとーさん、いそがしいね」

「難しいお仕事をしてるんだよ。お薬を開発してるんだって」

お弁当を完食した珠空は手と口の周りが汚れていて、灯里はそれを拭いてやった。珠空は首を傾げる。

「おくすり、かいはつ？」

「お薬、珠空も飲んだことあるんじゃない？　風邪ひいたり、病気になったりすると飲むんだよ。貴臣さんは、今まで治らなかった病気を治せるお薬を作ってるの」

「ふぅん」

珠空には興味が持てないようで、気のない返事をすると椅子を降りてしまう。たたたた、と家に駆け戻る後ろ姿では尻尾が元気よく揺れていた。

広げたお弁当箱を片付けて、珠空に歯磨きをさせ、洗いもののあいだ室内で過ごさせたあとは、約束どおりボールを出して、庭で遊んだ。

投げてやると犬さながらに追いかけて走っていくところは、いかにもやんちゃな半獣の男の子だ。

(これなら今日は、買い物に一緒に行っても泣かないかも)

元気そうに振る舞っていても、不安や傷がすべて癒えたわけではないようで、珠空は家の敷地から出るのをいやがる。灯里や東桜路が一緒なら外出できるものの、ぴったりくっついて離れないし、ともすれば些細なことで泣き出してしまう。

子供が順応するのは早いとはいえ、両親を一度になくした悲しみや怖さはなかなかなくならないのだろう。普段は忘れていても、ふとした瞬間に「自分には親がいない」と思い出すと、急激に心が冷たくなる感じを、灯里はよく知っていた。

灯里は実の親のことはなにも覚えていないけれど、珠空は記憶がある分つらいに違いなかった。

「とーり、とーり!」

ボールを抱えて転がるように戻ってきた珠空は、灯里に飛びついてくる。抱き上げるとボールを放り出して、かわりに灯里のニット帽を握った。

咄嗟に、灯里は庭の外に視線をやった。植え込みで仕切られているとはいえ、木々の間隔はあいていて、隙間から庭の様子を見ることもできる。近所の人が通りかかってうさぎ耳を見られる可能性があるから、外出するときだけでなく、庭に出るときも必ず帽子をかぶるようにしていた。

半獣のオメガというだけでも目立つのに、子供の珠空とは種類が違うと変に詮索されれば、東桜路や珠空が不愉快な思いをしかねないからだ。

幸い、通りにはひと気はなかった。ほっと力を抜いた灯里の耳を摑んで、珠空はつけ根に口を近づける。甘える仕草でそこを嚙まれ、灯里は背中を撫でてやった。

「とーり、ママとおんなじ」

「匂い、いっぱいする？」

「うん。いっぱい、いいにおい。たから、すき」

幸せそうに嗅いでくる珠空は可愛いが、フェロモンが増えているのは歓迎できない事態だ。

（抑制剤、強くしてもらったんだけどな……）

薬を飲んでも永遠に発情期が来ないわけではないけれど、遅ければ遅いほうがいい。せめて珠空が保育園に通えるくらいまでに回復してからでないと、施設に一週間も里帰りするのは可哀想だ。

（かといって、発情期になったらこの家にずっといるわけにはいかないし）

発情前の今でさえ、東桜路には避けられているのだから、期間中は不快にさせないように、家を離れるべきだろう。

せめてあと半月は来ませんようにと願いながら珠空を抱きしめる。

「珠空、ボールは？　もう遊ばない？」

「んー……」

迷っているのか、どっちつかずの珠空の返事に、車のエンジン音が重なった。大きな音をたてて家の前で車が停まり、人が降りてくる。

来客だとわかって、灯里ははっとして珠空を下ろした。

「珠空、帽子返して」

「……や」

ぷう、と珠空が頬を膨らませた。

「たから、ぼうしきらい」

「帽子がないと灯里、困るんだよ。大事な帽子なんだ」

「……いや。ぼうし、とーりのおみみ、なくなるもん」

握った帽子を後ろに隠し、珠空は首を左右に振った。めったに言わないわがままに、灯里は困ってしまった。予備はあるけれど、部屋まで取りに戻らなければならない。

そうこうしているあいだに、客は呼び鈴も鳴らさずに表の門を開けた。

「どうもどうも。東桜路は？　いるよね」

ぎくりと身体を強張らせた灯里に、派手な柄のシャツを着た男は親しげに手を上げてくる。灯里は無駄だと知りながら、手で耳を撫でつけた。痩せすぎの客は明らかに東桜路よりも年上で、今日来客があるという話も聞いていない。

「在宅しておりますが、どちら様でしょう？」

「あれ？　聞いてないかな。今日来るって言っといたんだけどなあ。俺はね、真野と言います」

「真野様」

どこかで聞いた名前だ。真野はにっと笑うと顔を近づけてきた。

「きみは月尾学園の子だろ？　あんまり若くない子のほうがいいとか言ってたくせに、東桜路のやつ、結局若い子にしたんだね。半獣の条件を満たすのはきみだけだったのかな」

「――あ、もしかして、東桜路さんに……貴臣さんに、『ハッピー縁結び』さんを紹介したっていう、真野様ですか？」

ようやく思い出して、灯里は身体から力を抜いた。

「すみません、今日いらっしゃるとは聞いていなくて。どうぞ、上がってください」

「悪いねえ」

笑みを浮かべた真野は、灯里の足にくっついた珠空を見下ろすと目を細めた。

「もうきみに懐いてるんだね」

「はい。……珠空、お父さんのお友達なんですって。ご挨拶は？」

「………にち、は」

言いたくなさそうな小声でかろうじて挨拶したものの、珠空は顔を背けて真野を見ようとしない。

灯里は珠空の頭を撫でた。

「すみません、人見知りで」

「かまわないよ」

ドアから入ると、ちょうど二階から東桜路が下りてくるところだった。よう、と挨拶する真野にかるく頷くだけで応え、リビングへと案内する。灯里は珠空をつれてキッチンに入り、急いでコーヒーを淹れた。

「お茶請けがなにもなくてすみません」

すっかりくつろいだ様子の真野の前にコーヒーを置くと、真野は「まったくだよねえ」とにやりとした。

「可愛い奥さんに俺が来ることも伝えないなんて、旦那失格だぞ、東桜路」

「忘れてたんだ」

東桜路は顔をしかめて言い返し、決まり悪げに灯里を見た。

「昼食の前に思い出したんだが、研究所の同僚が来るだけだからと思って黙っていた。……言うべきだったか？」

「そうですね、もし次にお客様がいらっしゃるときは、教えていただけたら、お菓子を焼いたりしておもてなしもできますから」

「そうか。気をつける」

鷹揚に東桜路が頷いて、キッチンカウンターからこちらをうかがう珠空に目を向けた。

「珠空もこっちにおいで。灯里と一緒に座りなさい。――今日は真野が、嫁と息子に会いたいと言うから呼んだんだ」

「そうだったんですね」

座るとしたら真野の横というわけにはいかない。リビングの応接セットは、テーブルを挟んで長い三人がけのソファと、ひとりがけのソファ二つが向かい合わせに配置されている。

灯里はトレイを置きに戻り、珠空の手を引いた。気乗りしない遅さでついてきた珠空は、灯里が東桜路の横の椅子に座るとすぐに膝に乗ってくる。灯里はできるだけ東桜路から離れられるよう、ひとりがけソファの端に身を寄せた。

「改めまして、灯里と申します」

「灯里くんか、よろしくね」

真野はコーヒーを片手におもしろそうな顔をした。

「珠空くん、東桜路よりも灯里くんに懐いてるんじゃないか？」

「ああ、べったりなんだ。環境に慣れるまでは仕方ないと思ってるが」

東桜路もコーヒーを飲み、ふと思い出したように顔を上げた。

「一昨日、なんだかクッキーみたいなのを焼いていただろう。珠空が喜んで食べていたやつ。真野にもあれでいい」

「あれは——昨日残りを食べきってしまって、もうないんです」

「……そうか」

意外にも東桜路は残念そうな顔をした。

「うまかったんだがな」

「へえ、灯里くんは料理上手なのか」

「上手だな。朝昼晩と食べても飽きないし、いろんなものが出てくる」

興味を持ったらしい真野に東桜路は真顔で答えていて、灯里は赤くなって目を伏せた。——今まで、一回も「おいしい」と言わなかったけれど、気に入ってくれていたらしい。

「さっき食べた弁当もうまかった」

「弁当？　家で？」

「あ……それは、珠空に少しでも外に慣れてもらおうと思って、庭でお弁当を食べたんです」

肩先に顔を埋めて動かない珠空をあやしながら、灯里は説明した。

「楽しい思い出が増えたら、外出も怖くなくなるんじゃないかなって」

「珠空くん、外は苦手なのか。可哀想になあ」

真野はしみじみ呟いてから、にんまりして東桜路を見やる。

「料理上手で子供好き、気遣いもばっちりだなんて、いい嫁さんをもらったじゃないか。月尾学園出身のオメガはいい人材が多いって評判だが、中でも当たりを引いたんじゃないか？」

「人間は当たり外れで評価するものじゃないだろう。羨ましいなら、真野も結婚したらいい。灯里と同じ学園の出身なら、きっと料理上手だ。オメガのための学校なんだから、なにかそういう、特殊な勉強をしてるんだろう？」

「……おまえは相変わらずだなあ、東桜路」

同情した表情で、真野はため息をついた。

「旦那が世間知らずだと苦労するでしょ、灯里くんも」

「――僕は、その、苦労だなんて……嫁いで日も浅いですから」

灯里は曖昧に笑い返した。東桜路だけが訝しげに首をひねる。

「私はなにか変なことを言ったか？」

「いえ……ただ、月尾学園はたしかにオメガのための学校ですが、授業はアルファやベータの学校と大きな違いはないので」

「そうそう。うちの妹も月尾学園の子と結婚したけど、彼女は料理は好きじゃないよ。そのかわり掃除とか経理が得意だから、妹とは相性がいいんだ。だいたい、俺たちだって家庭科は高校まであったけど、べつに料理だけやったわけじゃなかっただろう？」

「覚えてないな。灯里が料理上手なのは、学園のおかげというわけじゃないのか」

「料理ができるだけがいい母親だとか、いい人材というわけじゃないですから、学園では適正にあわせて、得意分野を伸ばすようにしてるんです。僕は……ただ、お弁当が好きなので」

「料理ではなく？」

じっと東桜路が見つめてくる。視線があうのも十日ぶりだなと思いながら、灯里は頷いた。

「料理も好きですが、そのきっかけがお弁当なんです。大きくなったらお弁当屋さんをやりたいなって思ってたくらいで」

「可愛いなあ。灯里くんのお店なら、俺は喜んで通うよ」

真野は笑顔で何度も頷いたが、東桜路は難しげな表情になった。

「では、結婚は不本意だったたか」

「え……？」

「弁当屋ができなくなると思ったから、即答しなかったのか？」

真剣な顔と声だった。真野さんもいらっしゃるのに、と灯里は困って真野を見たが、気にしないで、というように微笑まれてしまった。おとなしいがしがみついたままの珠空を抱き直す。

「急なお話で戸惑っただけで、不本意ではなかったです。もともと、家族のために作るお弁当が素敵だなって思っていたんですけど、僕は半獣なので、結婚は難しいかもと思っていて。だからせめて、おいしいお弁当屋さんがやりたかったんですけど、今は珠空くんに作ってあげられるから、本来の夢が叶ってます」

「——そういえば、実の親を知らないと言っていたな」

「はい。だから、自分の家族ができるのは嬉しいです」

笑みを浮かべて見せると、東桜路はぎこちなく手を伸ばしかけ、途中で躊躇(ちゅうちょ)して、結局珠空の頭を撫でた。

「人が幸せそうにしてると、結婚も悪くないなって俺も思うよ」

真野はコーヒーを飲み干すと立ち上がった。

「そのうち夕食にでも招待してほしいね。東桜路が自慢する愛妻料理、俺も食べてみたいよ」

「ぜひいらしてください」

灯里も急いで席を立とうとしたが、東桜路が制した。

「珠空が眠そうだ、見送りはいい」

「今度はクッキーもよろしくね灯里くん」

「はい、焼いておきますね」

座ったまま頭だけ下げて二人を見送り、灯里はぼんやり熱い頰をこすった。長い耳までむずむずとあたたかい。

愛妻、だなんて分不相応だけれど、東桜路が同僚に紹介してくれたことが単純に嬉しかった。それに、珠空のおやつに焼いたロッククッキー。一昨日は無表情で一、二個つまんだだけだったから、甘いものは好きじゃないのかと思っていた。

「おいしかったって、言ってもらえてよかった」

灯里はほかに特技もないから、料理に関心を示さない東桜路の態度は寂しかったのだ。いくらなりゆきで、珠空のためだけの結婚だったとはいえ、同じ家で生活をともにするなら、少しでも役に立ちたいし、快く過ごしてほしい。

良好な関係を築ければ、疎ましく思われない程度の好意でかまわない。

(貴臣さんと仲良くできたほうが、珠空くんも安心できるだろうし……あ、寝ちゃってる)

顔を覗くと、珠空はうとうとと眠りかけていた。髪を梳いてやり、ソファに寝かせて毛布をかけると、戻ってきた東桜路がそばに座った。

「きみが来てから、珠空はよく寝る」

「……前は、眠れてなかったんですか?」

「寝つくまでにかなり泣いたし、寝ても泣いて起きたりしていたからな」

「珠空くんが少しでも寂しくなくなったなら、よかったです」

低く渋みのある東桜路の声は優しい響きでこそないが、眠った珠空に注ぐ視線は決して冷たくはない。

「お茶かコーヒー、淹れ直しましょうか」

「いや、いい。――それより、座りなさい」

珠空を挟んでソファの反対側に座るように促されて、灯里は首筋を押さえて腰掛けた。そういえばさっき、真野にはいやな思いをさせなかっただろうか。できるだけ身体は離したつもりだけれど、フェロモンが届いてしまっていないといいのだが。

俯き気味に耳を引っぱると、急につけ根に指が触れた。

「……っ」

はっと身を引いた灯里に、東桜路はすぐに手をどけた。

「すまない、驚かせたか。珠空がまた噛んだんだろう？　変な癖がついているから、直そうと思ったんだが」

「いえ……あ、ありがとうございます」

指摘されたのがどこかよくわからないまま、適当に撫でつける。

（び……びっくりした）

　東桜路に触れられたのは初めてだ。遅れて心臓がどきどきしはじめて、居心地悪く座り直す。東桜路も気まずいのか、ごまかすように咳払い（せきばら）した。

「私はあまり気がきかないから、灯里がいてくれて助かってるよ」

「……お役に、立ってるなら嬉しいです」

「帰り際に真野には怒られた。嫁さんにあんなに遠慮がちにさせて甲斐性がないって」

　東桜路はかすかに苦笑を浮かべた。

「昔からよく気がきかないとは言われたんだ。つきあった女性はいたが、私には勉強や研究が第一で、相手にあまり興味が持てないから、そこが気がきかない原因だと思う。当然長続きはしなくて、そのうちひとりでいるほうが楽になってしまってね。子供の頃に親元を離れていたから、親兄弟のことも半分以上忘れて、海外で研究に没頭していた」

「新薬の研究を、されているんですよね」

「ああ。成果はなかなか出ないがやり甲斐のある仕事だ。世のため、人のためになる仕事だという自負もあったよ。だが、没頭していると人間らしい生活とも感情とも無縁になる。そうこうしているうちに弟が亡くなって――初めて後悔したんだ」

　深い色の瞳が痛みを覚えたように数度まばたきして、静かに珠空を見つめる。

「まだ家族と一緒に生活していた幼い頃は、たしかに弟のことを可愛いと思ってたんだ。私が海外に出てからも、一番まめに連絡をくれたのが弟で、日本に帰らず向こうで就職すると告げたときも、反対した父を説得して応援してくれた。いわば私は弟には恩があるんだ。なのに、なにも返せないまま、あいつのほうが先に逝ってしまった。だからせめて、珠空は幸せにしてやりたい」

「──はい」

東桜路は、わかりづらいけれど優しい人なのだ。

「僕、お手伝いしますね」

自然と笑みを向けると、東桜路は照れくさそうに目尻を下げた。

「もう手伝うというより、灯里のほうが頑張ってくれているよ。珠空は私の耳は咥えない」

「でも、わざわざ半獣のオメガをって探したのは貴臣さんですよ。一番珠空のことを考えているのはあなたです」

「私は自分にできることをしただけだ」

微笑した東桜路は、今度はゆっくり灯里の耳に触れた。ほんのかるくひと撫でされる。

「明日、外出しなくてはならないんだ。珠空を一日任せきりになってすまないが、弁当を作ってくれないか？」

「もちろん、ご用意します」

胸がじんと熱くなった。どこに出かけるにしたって、外食ですませることもできるのに、わざわざ弁当を頼んでくれる心遣いが嬉しい。

「さっそく買い物に行ってきますね。珠空、しばらく起きないと思いますけど、見ていてもらってもかまいませんか？」

「ああ」

置きっぱなしの帽子をかぶり、灯里は幸せな気持ちでリビングを出た。この十日間で作ったメニューを思い返し、できるだけ東桜路の好きそうな献立にしようと考えるだけでもうきうきした。

（洋食よりは和食のほうが、ちょっとだけ箸の進みがよかったよね。ひき肉に長ネギを刻んで混ぜて、大葉（おおば）に挟んで焼こうかな。しょうが味の照り焼きにして……ごはんは雑穀米（ざっこくまい）にして、そら豆を甘辛煮にして）

明日蓋を開けたときに、東桜路の食欲が湧（わ）きそうなものがいい。帰ってきたときに空の弁当箱を返されるのを想像すると、足取りはかるくなった。

浮き立つ気分は買い物をするあいだも続き、帰宅して午後の家事に取りかかっても消えなかった。

けれど、少しだけ会話の増えた夕食を終え、東桜路が珠空と一緒にお風呂に入ってくれているあいだに、それはやってきた。

ぐらりと世界が回転し、頭から血が一気に下がる、激しい立ちくらみ。倒れそうになるのを壁に手をついてやり過ごし、灯里は口元を覆った。

立ちくらみが過ぎ去れば、今度は下腹のあたりが妙に重たく、あたたかくなってくる。尾てい骨からうなじにかけて、産毛を撫でられたような違和感が走り、灯里は震えながら引き出しを開けた。

抑制剤は日に三回、決められた量を飲まなければ効果を発揮しない。だが、量を増やせばその分効果が強まるから、いざというときには頓服として飲むこともある。

熱っぽい指で錠剤を押し出し、水で飲み下した。東桜路や珠空が近くにいるときでなくてよかった。

「明日からは、一日四回にしよう。近いうちに病院に行って……薬も一番強いのにしてもらえば、きっと、大丈夫」

下腹部の熱さが増すのを意識しないように口に出して呟いて、灯里はぎゅっと目を閉じた。

まだ発情期は迎えられない。

せっかく東桜路との距離が少し縮まったばかりで、この家を離れたくない。珠空だって、今一週間も離れたら、きっと不安がる。

あと二週間でいいからとめておかないと、と自分の身体に言い聞かせ、うずくまっているうちに、熱は少しずつ引いていった。珠空のはしゃいだ声が廊下から聞こえてくる。

なんとか、みっともないところは見せずにすんだ。

とーり、と呼んで駆け込んでくる小さな子供を、灯里は普段どおりの笑みを浮かべて出迎えた。

珠空をお試しで保育園に預けることになったのは、翌週の月曜日だった。通っている病院の先生とも相談し、なにかあればすぐに迎えにいくという条件で、珠空と灯里は手をつないで家を出た。

天気のいい五月末の日差しは朝でも強く、すっぽりかぶったニット帽は暑かった。これから夏は、灯里にとっては苦手な季節だ。暑さは得意ではないし、かといって帽子は手放せないので、風通しのいいものを選んでも、耳がかぶれたりする。

（珠空が甘噛みするうちは薬塗れないし……今年は早めに麦わら帽子かな）

麦わら帽子は、頭の上で耳をクリップで留めなければならないので、長時間だと痛いのだけれど。

そんなことを考えつつ保育園まで歩いて送り届けると、珠空はぐずることなく園に駆け込んでいった。同じく子供を送ってきたお母さんたちと挨拶を交わし、ついでに買い物をして帰宅した。

保育園から電話がかかってきたのは、午前中の家事を終え、東桜路と二人きりの昼食を食べようと、食卓についたときだった。

『珠空くんなんですが、お昼の給食の時間になったら、急に泣き出して……泣きすぎてひきつけを起こしてしまって』

「ひきつけ⁉」

『はい。すぐに対処して、症状はもう治まってますが、泣きやんでくれないんです。発熱はしてませんし、普通でしたら見守っておくんですが、珠空くんの場合は事情が事情ですので、ご連絡しました』

電話越しの保育士の声も、落ち着いてはいるが不安そうだった。

すぐに迎えに行きます、と伝えて電話を切り、急いで帽子を手にする。

「貴臣さん、すみません。先に食べててください」

「私も一緒に行こう。車のほうがいいだろう？」

「……そうですね、お願いします」

断りかけ、思い直して頷いた。

車なら五分ほどの距離の保育園に着くと、珠空はまだ泣いていた。声は出ないようで、ただ涙だけをこぼしている。灯里と東桜路を見つけると、よろよろと近づいてこようとし、灯里は慌てて駆け寄った。

「珠空！」

強くしがみつかれて、胸が痛んだ。身体は小刻みに震えていて、尻尾は脚のあいだにきゅっと巻き込まれている。灯里は唇を噛んだ。――急ぎ過ぎたかもしれない。

発情期が来てしまう前に、と焦ったせいで、きっとまだ早かったのだ。先週から夜泣きもなくて、熱も出さなかったからと、楽観視してしまった。

ごめんね、と言いそうになって、かろうじて笑みを浮かべる。

「頑張ったね、珠空。おうち帰ろっか」

すすり泣いた珠空はただ頷いた。

保育士たちに「お手数おかけしました」と頭を下げて、珠空を抱いて車に乗り込んでも、罪悪感はちくちくと胸を刺した。

焦った自覚はあった。珠空が保育園に通えるようになれば、東桜路の負担も減るし、珠空も気持ちが安定している分、自分がいない寂しさも我慢してくれるだろうと考えていたのだ。

自分の都合で珠空に無理をさせたと言っても過言ではない。

落ち込んでいたら珠空が気にしてしまうとわかっていても、明るい顔はできなかった。

家に着き、車から珠空を抱いて降りると、東桜路が家の鍵(かぎ)を開けながら振り返った。

「灯里がそんな顔をする必要はない。保育園だって、珠空の事情を知っているから連絡をしただけで、普段なら様子を見る程度のことだって言っていただろう」

「……でも、僕に、早く行かせたいって気持ちがあったのは事実ですから。貴臣さんにも、すみません」

「決めたのはきみひとりじゃない」

東桜路はそっと背中を押してきた。

「夕食は、簡単なものでよければ私が作ろう。これでも灯里が来る前は珠空に作ってやっていたんだ。味は必ずしも保証できないが、珠空といてやってくれ」

わずかだが微笑みかけられて、灯里は珠空を抱きしめた。

「ありがとうございます。……嬉しい、です」

ぽんぽんと背中を叩いてくれる手が大きくて優しい。リビングに入ると、出しっぱなしの昼食も東桜路が温め直してくれた。

遅い昼食をすませ、疲れて眠ってしまった珠空に寄り添って、洗い物をする東桜路の後ろ姿を眺める。

家事は灯里に任せられていたから得意ではないのだろうと思っていたが、彼の手つきは慣れたものだ。片付けが終わると紅茶を淹れてくれ、東桜路は灯里たちの使っているソファの、背もたれ部分に尻を預けた。

「きみは、小さい子供の世話も慣れているんだな。月尾学園はたしか、幼稚園に通える年齢からしか受け入れていないんだろう？」

「僕が小学生の頃までは、二、三歳の子とも触れあう機会が多かったんです。ほら、以前は男性オメガは、少し偏見がありましたから」

「偏見？」

「母親が男性っていうとどうしても……同性愛に対する偏見みたいなもので、普通の保育園では保護者の方にいやがられたりした時期があったんだそうです」

東桜路は決まり悪げな顔をした。

「私も似たようなことをきみに言ったものな。男じゃないか、と」

「でもあれは、理由が違いますから。今はそういう差別や偏見もほとんどなくなったみたいですけれど、十年くらい前はまだつらい思いをする卒業生もいて、そういう人たちが子供を連れて園に来ていたんです。園長先生に相談したり、同じ立場の友達と話したりできてよかったんだと思います。僕は兄弟に憧れていたので、小さい子供も好きで、見よう見まねでお世話させてもらったりして——経験が役立ってよかったです」

珠空を起こさないよう、前髪を静かに払ってやり、穏やかな呼吸を確かめる。ぐっすり眠っている証拠に三角の耳はぴくりともせず、大事にならなくてよかったと改めてほっとした。

「……でも、昼間だけ見ているのと、ずっと一緒に暮らすのは、やっぱり違いますよね。珠空くんといると知らないこともたくさんあって、全然できてないなって思います」

「誰だって最初から全部わかってるわけではないさ」

東桜路は灯里の背中越しに珠空を覗き込んだ。

「私なんか最初はひどい有様だったからな。一応、育児書を大量に買い込んで勉強はしたんだが、ないよりはましという程度しか役に立たなかった。今じゃ書斎に積みっぱなしだ。――灯里はよくやってくれている。正直、ここまでしてもらえるとは思っていなかったよ。掃除や洗濯も、料理も、慣れなくて大変だろうに」

「僕、家事全般は好きなんです。だから大変だと思ったことはないですよ」

触れてはいないけれど、至近距離に東桜路がいるせいで、じわりと背中があたたかい。後ろから包み込まれているようなぬくもりに、頬まで熱くなった。

こんなに近くてフェロモンが嗅ぎ取られてしまわないか不安だけれど、親しげな振る舞いは嬉しい。

東桜路が口をひらくと、息が優しく垂れ耳に触れた。

「ときどき顔色がよくない。無理はしないで、なにかあったら言いなさい」

「――ありがとうございます」

「なんなら、珠空と一緒に昼寝したらいい。夕方になったら起こすから」

耳のやわらかい毛を、東桜路の声に撫でられているみたいだった。くすぐったいのに、全然いやじゃない。くうっと胸が締めつけられて、灯里はそこを押さえた。

「じ、じゃあ……お言葉に甘えて、少し、寝ますね」

「ああ、おやすみ」

ぬくもりが離れていく。灯里は咄嗟に振り返った。

「あの」

「うん？」

立ち上がった東桜路もこちらを見て、灯里は言葉につまった。

(もう少しだけ、そばにいてほしい、なんて)

どうして、そんなことを思ってしまうんだろう。

「……あの、えっと、い、育児書」

視線を彷徨(さまよ)わせて、どうにか口実を探し出す。

「よかったら、僕にも見せてもらえませんか？　知っておけば役に立つこともあると思うので」

「それなら、いつでも好きなときに書斎に取りにくればいい。鍵がかかってるわけじゃないから」

東桜路は目尻を下げ、灯里の頭に手のひらを乗せた。

「でも明日にして、今日はゆっくりしなさい」

「……、はい」

淡(あわ)い目眩(めまい)がした。手が離れても撫でられた頭はぼんやりとあたたかくて、珠空に寄り添って横たわると、心臓がどきどきした。

とてもじゃないけれど、昼寝なんてできそうになかった。

夕食のチキンライスはおいしかった。全体的に入っている野菜は大きめだったけれど、珠空はピーマンもよけずに食べてくれた。昼に引き続き後片付けは東桜路がやってくれるというので、灯里とお風呂に入るあいだも珠空はおとなしかった。

元気がないな、と心配したが、髪を乾かし終えると甘えた顔で抱っこをせがんでくれて、灯里はほっとして抱き上げた。

「お父さんがお風呂のあいだ、抱っこしてようね」

「うん」

長椅子に落ち着くと、珠空はさわさわと胸を探ってくる。

「とーり、おっぱい」

「えっ？」

珠空は、ぽすぽすと灯里の胸を叩いた。

「これ、のむの」

「これって……そっか、ママのおっぱいか」

お乳を飲みたいらしい。灯里は困って、見上げてくる珠空を見返した。

「ごめんね。僕、出ないんだ」

「やぁ。のむの」

珠空は唇を尖らせて不満顔だ。出るなら飲ませてやりたいが、妊娠の経験もないのだから出るわけがない。

でも、幼児は咥えるだけでも安心するものだ。

「……珠空、ちゅーちゅーするだけでもいい？　出ないけど、吸うだけ」

「ん。ちゅーちゅー」

頷いた珠空は勝手にボタンを外そうとしてきて、灯里は前を開けてやった。

平らな胸に小さな乳首は、珠空の母親の胸とは似ても似つかないだろう。それでも、珠空は乳首を見つけるとほっとした様子で、それを口に含んだ。斜めに身体を倒して自分で居心地のいい位置におさまり、吸いついてくる。

「……っ、ん、」

つきんとした痛みが胸の奥に走った。濡れた唇に包まれて吸われるなんて、初めての感触だ。強く吸われるごとに疼痛が走るものの、子犬の仕草で胸を押されると、不思議と幸せな気持ちになった。

目を閉じた珠空は安心した表情だ。出ないと文句を言うこともなく、吸っては灯里の胸を手で押して、少し休むとまた吸う。

断続的な刺激は慣れると心地よく、珠空の体温と風呂上がりなのも手伝って、灯里まで眠くなってきた。

疲れは溜め込まないように気をつけていたつもりだが、今日のハプニングで張りつめていたものがほどけてしまったのかもしれない。

まぶたが重くなってかくりと頭が落ち、はっとして顔を上げると、東桜路が眉を寄せて見下ろしていた。腕の中、珠空は乳首を咥えたままうとうとしている。

「――乳を吸っているのか？」

信じられないような口ぶりに、灯里は首を横に振ってみせた。

「出ないんですけど、珠空が飲みたいっていうので……含むだけでもさせてあげようと思って」

「だが、離乳して普通の食事を食べていたのに、いいのか？」

「珠空くんは事情があって不安でしょうし、今は自然に離乳するまで母乳をあげることも多いので、二歳になっても飲む子もいますよ。僕はミルクを出せるわけじゃないですけど、珠空くんの傷が癒えるまでは、甘やかしてあげてもいいと思います」

「そういうものか」

東桜路はひとつ息を吐いて普段どおりの顔つきになると、灯里の隣に座り、珠空の顔を覗き込んだ。

「たしかに、安心しきった顔だな。もうほとんど寝てるじゃないか」

「今日は疲れたでしょうから、ベッドに運んだらぐっすりですね」

平静を装って答えたが、ざわっと身体が熱くなった。東桜路との距離が、かつてないほど近い。彼がこちらを覗き込んでいるせいで、灯里の肩は東桜路の胸に触れていた。お風呂上がりの石鹸の香りが、彼からふわりと漂ってくる。

「男でも、オメガは出産すると母乳が出るものなのか？　乳房が膨らんだり？」

「え、ええ。オメガでもアルファでも、妊娠すれば出ますよ。体質で出ないとか出にくいことはあるそうですが、男女の差はありません。男性の場合、胸が膨らんだりはしませんが、ちょっとふっくらすることもあります。……学校の授業で、習いませんでした？」

「興味のない授業は、家庭科以外も聞き流してたんだ」

渋みのある声も近い。眠った珠空を気にしてか、囁きに近い音量に、灯里の尻尾はぴくぴくと跳ねた。腰の下――お尻が、むずつくように落ち着かない。

「科学や生物、物理、数学以外はどうにも興味が持てなくて。今になってちゃんと学んでおけばよかったと後悔することも多いが、気になることがあると没頭してしまうのは悪い癖だ」

「ひとつのことに集中できるほうがすごいと思います。……書斎のトロフィー、見ました」

夕方、育児書を見せてもらおうと、書斎に初めて入れてもらった。本棚には横文字の専門書に混じって育児書がたしかにたくさん並んでいたけれど、一番目についたのは、ダンボールに入れたまま放置された、トロフィーや楯(たて)の類だった。

あんまりな扱いに、東桜路に断って並べさせてもらったのだが、専門的な賞のすごさはわからなくても、その数だけで彼が優秀な研究者なのだとわかった。

「研究が認められれば嬉しいが、結果はもう過去のことだ。トロフィーは本社からこっちに移るのに、捨てるわけにもいかないから持ってきただけだよ」

「でも、結果が出るまで研究するって、大変なんでしょう？　没頭できる人じゃないとできないお仕事だもの、すごいです」

「……灯里は人を褒めるのもうまいな。私をそんなふうに褒めたのはきみが初めてだ」

声をたてて東桜路が笑った。どきっとして見れば、初めてのやわらかい表情に、余計に胸が高鳴ってしまう。

(ど……どうしよう。なんだかすごく、どきどきして……あっつい)

うなじにはじわりと汗まで浮かんできている。これじゃ匂いが、と焦ると、東桜路が手を伸ばした。

「――――！」

「眠ったな」

竦(すく)んだ灯里には触れず、東桜路は珠空の頬に触れると抱き上げた。

「部屋には私が連れていこう。——灯里、身体はつらくないか？」

「身体……ですか？」

どうにか動揺を抑え込もうとしながら見上げると、東桜路は気遣わしげに顔をしかめた。

「発情期だ。三か月周期なんだろう？　初めて来たときに近いと言っていたのに、あれからもうひと月近い」

かあっと、さらに身体が熱くなった。灯里は急いでシャツのボタンを留めた。

「すみません、匂い、不愉快ですよね。僕は周期がちょっと不安定なので……抑制剤も飲んでますから、もうしばらくは大丈夫です。時期が来たら、一週間くらい施設に里帰りさせていただきますけど、ちゃんと準備していきますので、申し訳ありませんがよろしくお願いします」

「——そういうことではないんだが、まあいい」

ため息をついて、東桜路はリビングを出ていく。灯里もふらふらと立ち上がった。

もう一度シャワーを浴びよう。汗と匂いを流して……その前に抑制剤も、もう一回飲まなければ。

薬を入れてあるキッチンの引き出しまで行こうとして、足がもつれた。ローテーブルにぶつかって床に倒れ込み、灯里は身体を丸めた。

熱い。今まで発情期でもこんなになったことはないのに、おなかの奥が熱くて、尻尾のつけ根からうなじまでがざわざわする。

「っ……、は、……っ、ぅ」

息まで熱っぽくて苦しかった。東桜路が戻ってくる前に、せめて薬を飲まなければと思うのに、立ち上がることができない。

震える手を床について、必死で身体を起こそうとすると、ぐっと肩を摑まれた。

「灯里、大丈夫か？」

「……、すみま、せん……ちょっと、目眩がした、だけなので」

抱き起こしてくれる東桜路の力強さにぞくりとして、灯里は逃げ出そうとした。きっと今、自分はひどい匂いがするはずだ。アルファである東桜路を露骨に誘う匂い。

「発情したな」

唸るように東桜路が言い、もがく灯里を抱き上げた。

「じっとしていなさい。寝室まで運ぶから」

「自分……で、歩けます。すこし、やすんだら……、ん……っ」

東桜路に迷惑をかけるわけにはいかないと思うのに、身体がうまく動かない。なす術なく横抱きにかかえ上げられて、灯里はせめてもと小さく縮まった。

「すみません……におい……僕、」

「気にしなくていい」

言葉少なな東桜路が無理をしているのはわかっていた。オメガのフェロモンは本能に訴えかけるものだ。理性で衝動を抑えることはできても、長時間晒(さら)されれば本能が勝ってしまう。

それでも東桜路は灯里を寝室まで運び、丁寧にベッドに降ろしてくれた。すぐさま距離を取って顔を背け、せわしなく聞く。

「なにか必要なものは？　水とか……普段は、ひとりで平気なのか？」

「大丈夫です……すみませんけど、キッチンの右端の引き出しに、薬を入れてあるので……それだけ、持ってきていただけますか。ドアから中に入れていただければ、あとは自分で、できますから」

「薬だな。わかった」

すばやくドアを開けて東桜路が出ていき、灯里は大きく息をついた。コットンパンツの前がぱんぱんに膨らんで痛い。いつのまに勃起したのか、これを東桜路にも気づかれたと思うと恥ずかしく、なにより発情してしまった事実が悔しかった。

（ちゃんと薬、飲んでたのに……もうちょっとだけ、遅らせたかったのに）

明日は施設に戻らなければならない。だが、電車での移動は厳しそうだった。動けないほど重い発情なのは、前回から五か月近くあいたせいだろうか。

（こんなの、なったことない）

今まで、灯里は発情がかるいほうだった。つらいのは期間の真ん中の三日ほどで、そのあいだだけ、尻の穴の奥が疼くのを我慢すればよかった。自分で慰めることも、だからほとんどしたことがない。けれど今は――とても収まりそうにないほど熱い。まといつく衣服がわずらわしくて、脱ぎたくてたまらなかった。脱いで、指を中に入れて、奥のうずうずするところを強く押したい。そこを掻いて、抉って、楽になりたい。

はあっとため息をつき、足で無意味にシーツを蹴ると、ドアが遠慮がちに開いた。

「灯里、薬だ」

「ありがとうございます……置いといてくださ……っ」

部屋に東桜路が入ってくる気配にぎくりとする。歩み寄ってきた彼はグラスをサイドテーブルに置くと、灯里の額に触れた。

「熱があるな。これは普通の反応なのか？」

「っ、……は、はい……、体温、が、上がる……ので」

「抑制剤の袋には、一日三回食前に、と書いてある。今日の分はもう飲んでしまってるんだろう？」

「頓服……でも、飲め、ます、から」

息が乱れた。額に触れている東桜路の手が重たく感じられて、たったそれだけの接触で、芯から震えが湧いてくる。下腹の奥がゆっくり絞られていくような感触は、その経験が少なくても知っているものだった。

性的快感の極みに、達してしまう前触れだ。

「貴臣、さ……も、……はな、れて、」

抗うこともできず、か細い声で訴えると、東桜路は苦しげに眉をひそめた。深い色の瞳がさらに暗さを増して、静かに近づいてくる。

「貴臣さんっ……、ん、……ッ」

唇が重なった瞬間、全身が痺れた。押し当てるだけのキスにひくひくと痙攣し、手足から力が抜けていく。下着の中では体液が溢れて、濡れた感触が広がった。

「ん……、ぁ、……っ、は、……っ」

「すごいな——これが、フェロモンの効果なのか」

掠れた声を押し出した東桜路が、ゆっくり灯里の顔を撫でてくる。見つめてくる目にはたしかに欲望の色が宿っていて、灯里は喉を鳴らした。

生まれて初めて、抱かれたい、と感じた。

彼に組み敷かれ、奥まで受け入れて、熱い精液をかけてほしい。おなかの奥に命が宿るまで——たくさん、精子を注いでほしい。

「だ、だめですっ……今、は、……、あ、ぁっ」

抱かれたら、妊娠する可能性が高い。初日だから確実ではないけれど——東桜路は、自分との子供は望んでいないだろう。

こみ上げる願いとは逆に、だめ、と繰り返すと、東桜路は首筋に触れた。狂おしいほどの瞳でそこを見つめ、何度も何度も撫でてくる。

ああ、ここを噛まれたら、どんなにか気持ちがいいだろう。きつく牙を立てて、運命のつがいとして、所有の証を刻まれたら。

「たか、おみ、さ……」

無意識のうちに、唇が動いた。

「僕、の――くび、」

噛んで。あなたのものに、してください。

そう口走る直前で、東桜路は唐突に撫でる手をとめた。かたく拳を握って、ひらく。

「すまない、怖がらせたな」

「……、い、え」

「安心しなさい、中には出さない。――きみを、楽にするだけだ」

優しく垂れ耳を撫でられて、シャツのボタンを外された。うまく動けない身体を俯せに導かれ、後ろから回した手でウエストのボタンも外される。

「一応だが夫婦なんだ。つらいなら、手伝ってもおかしくはないだろう？」

身体は熱っぽいままなのに、心だけが、すうっと冷たくなった。

一応の、夫婦。楽にするだけ。

当たり前のそんな言葉が、甘く浮ついていた灯里の胸に突き刺さる。

東桜路にとって、この行為は単なる「処理」なのだ。

(どうして噛んでほしいなんて考えたんだろう。僕に運命のつがいなんて、いたとしても貴臣さんなわけがないのに)

コットンパンツと下着をまとめて脱がされても逆らう気力もなく、灯里は指示されたとおりに顔をシーツに押しつけて、尻を高く上げた。普段外気に触れることの少ない尻尾は、発情の証拠に背中側に倒れていて、女性器を兼ねた窄まりをさらけ出していた。

寂しい、と思うのに、発情がとまることはない。東桜路に触れられると股間はべったりと濡れていて、感嘆したような声が聞こえた。

「ずいぶんと濡れているな。太ももまで垂れているのに、中からまだどんどん染み出してきている。オメガはみんなこういうものか?」

「……比べた、ことは……ない、ので」

学者だからか、ひどくはっきりと身体の状態を指摘され、灯里は羞恥で真っ赤になった。愛しあっているわけでもない人の前で、我慢もできずに濡れている自分がいたたまれない。さっきなんて、キスだけで、たしかに達してしまった。

「ここも、やわらかいんだな」

「——っ、ん、……ぅ、」

窄まりに触れられ、びくんと尻が跳ね上がった。強い痺れが背筋をかけ上がる。

初めて他人に触れられるのは、予想した以上の刺激だった。

「……ぅ、んんっ……、は、……っ」

襞を撫でた指はゆっくり中に差し込まれて、その硬さに孔が収縮する。静かに揺らされるとじわりとしたもどかしさが直接体内に響いて、灯里はシーツに爪を立てた。

「ん、く……っ、う……っ」

「あまり息をつめると苦しいぞ。力を抜いてなさい」

「は、い……、……っ、んぅ、」

東桜路に逆らうつもりはないのに、身体は勝手に竦む。それでも、愛液まみれの孔は深く入ってくる指をやすやすと受け入れた。ゆっくり前後に動かされれば、じゅぷ、ぐしゅ、と水音がする。

「——っ、ふ……、く……っ、……うっ……」

「奥はちゃんと蠕動しているな。襞の伸縮具合もいい……もう少し広げるよ」

「……ん、はい……っ」

指が抜けるとたらりと愛液が滴る。粗相したような心細さにきゅんと孔が締まったが、二本そろえた指で優しくノックされると、奥からほどけてほころんだ。

「……っ、ぁ、……っ、んんっ……、ん、……んっ」

内側をこすられるのが、さっきより鮮明に感じ取れた。とろけた粘膜を押し広げた東桜路の指は、小刻みな抜き差しを繰り返しながら奥へと入ってくる。奥になればなるほど、じゅわりと体内が濡れていく。

「――ん、ぁ……っ、く、……ぅ、んん、……ぅ、」

はあはあと荒い息がつらい。きつく唇を噛みしめていないと、甘えた声がこぼれてしまいそうだった。気持ちがいい。ぞくぞくしてむずがゆくて、変な感じなのに、体内をいじられるのが気持ちいいのだ。

(変になっちゃう……おく、おくが……、溶けちゃいそう)

いつのまにか、灯里の身体は東桜路の指にあわせてくねりはじめていた。背中を波打たせ、腰を振り、より深い挿入を求めて尻を突き出す。かりかりとシーツをひっかく指先は力が入らなくて震えていた。

「こんなものか。灯里、もし苦しかったら、すぐに言うんだよ」

そっと指を抜いた東桜路が、高く持ち上がった尻を撫でた。灯里は半ばぼんやりしたまま、ベルトの外される音を聞いた。苦しい、というなら、もうすでに苦しい。東桜路に触れられると、楽になるどころか、熱が増すばかりで、意識したことのない奥のほうが疼く。

「お――おく、が」

短い尻尾をひくつかせ、灯里は東桜路を振り仰いだ。

「おなか、おくがっ……、く、るし……い、です……っ」

「――大丈夫。すぐに楽にしてやる」

苦しげな顔をした東桜路は、灯里の腰を摑むと自身を押しつけた。ごりっと尻の狭間に触れた硬い感触に、肌がたちまち粟立つ。

「あ……、ぁ、……、待っ、……ッ」

怖い、と本能的に竦んだ灯里の股に、太くて硬いものがこすりつけられる。存在感のあるそれが狙いを定めて窄まりにあてがわれ、灯里はぎゅっと目を閉じた。

「――ッ、ひ、……っ、ぁ……ッ」

裂けてしまわないのが不思議なほどだった。灯里の孔を限界まで広げ、雄の象徴が入り込んでくる。中に入るとひどく熱くて、ひりつく痛みが全身に響く。

「く、ぅっ……、は……っ、う……っ」

「やはりきついな。これだけ濡れていれば、出血はしなさそうだが……それともオメガは、男でも処女なら出血するのか？」

問いかけられても、無論、答えられるわけもなかった。がくがくと震え、受けとめるのに精いっぱいの灯里に、東桜路は大きく息をついた。

「オメガについても学ばなければならないな。今日は——できるだけ優しくするから、我慢してくれ」

「ッ、ぁ、……っ、ひ、ぁ、ああッ」

勢いをつけて穿たれて、かあっと視界が赤く染まった。鋭い痛みが走り、数回穿たれるうちに鈍痛になって腹を焼いた。みっしりと太いものを咥えた尻の孔は、異物感で小刻みに痙攣している。

「い……、ぁ、……っ、い、た……っ」

「締めると余計痛むぞ。馴染むまではつらいだろうが、ゆっくりするから、楽にしなさい」

「……ん、で、できなっ……、あ、うッ、あ、あッ」

ゆっくりと押し込まれると身体がずり上がり、灯里は耐えきれず突っ伏した。腰だけは東桜路に摑まれて高く上がったままで、そこに再び、雄が分け入った。

「——ひ、……んッ」

びぃん、と神経をかき鳴らされたかのようだった。奥のほうまで、東桜路の切っ先が入っている。粘膜にぐっと熱い塊を押しつけられると、腰から背中が自然と反り返る。

「ひ……、ぁっ……、あ、ぁっ……、ん、あ、……っ、あ、……っ」

「ああ、ゆるんだな。奥のここが気持ちいいのか？」

「んーっ……、あ、……っ、は……、ぁ……ッ」

ねと、と押し上げられるつど、深く快感が響く。東桜路が収められた部分全体が熱く潤んで、今にも崩れそうな気がした。

「あ……、ぁ、……っ、だ、……め……っ」

溶けてしまう。きつく勃ち上がったペニスもびしょびしょで、絶え間なく汁が溢れてくる。じゅぷじゅぷいう音は、孔が完全に性器になって、雄を悦んでいる証だった。

「だめじゃない、灯里。楽になるまでこうしていてやるから、安心して達けばいいんだ」

東桜路は少しずつ穿つスピードを上げていく。強く突いても灯里の身体が竦まないのを確認し、大きく腰を引き、感じるポイントめがけて突き入れる。

壊れちゃう、と感じて、灯里はシーツに噛みついた。

「——っ、ん、う……！」

強いオーガズムに、びく、ひくん、と不規則に身体が跳ねた。高みから墜落するような感覚に一瞬気が遠くなる。失墜感に続けてふわふわとした心地よさに襲われて、ぐったりと力が抜けた。

弱く痺れた手足の感覚が遠い。東桜路のものはまだ硬く埋め込まれていて、そればかりがリアルだった。

「達けたな。——灯里」

「ぁ……っ」

東桜路が身体を倒し、ぴたりと背中に重なってくる。大きな手が腰から胸へと這い、やんわりと揉んだ。

「もう少し、頑張れるか?」

「……、が、んばる……?」

息が弾んでいるせいか、頭がぼうっとした。低い東桜路の声がぼやけて聞こえ、聞き返すとうなじに唇が触れてきた。

「きみは達したが、私がまだなんだ。もう一度達けそうなら手伝ってくれ」

「ふっ……、ぁ、……ッ」

ゆったり腰を振られると、ぬちゅ……、と粘つく襞がめくれる。震えが再び湧き起こり、体内は喜ぶように東桜路に吸いついた。

東桜路が優しく微笑む。

「灯里はここも優しいな。吸いついて、もてなしてくれている」

「……あっ、そんな……、ぁ、……ん、……っ」

ゆっくり動かれると、余計に東桜路のたくましさを感じた。太く張りつめた雄の象徴も、覆いかぶさる体軀の重さも圧倒的で、抱かれているのだと意識すると、くたくたと自分がかたちをなくしてしまう錯覚がした。

中で極めさせられた灯里の肉体はすっかりほどけ、東桜路の息遣いだけでもじんとするほど気持ちいい。

「……は、ぁ……っ、ん、……ふ、……っ」

「さっきよりも気持ちいいか？　声も、可愛らしくなった」

東桜路は灯里の乳首を指先で転がした。

「ぁ、あッ、そ、そこは……っ」

「ここも大きくなっている。感じられるなら、たくさん感じればいい」

「あ、……っ、つ、つままないでっ……、ん、ぁ……ッ」

絞る動きで乳首を引っぱられると、珠空に吸われたときよりも強い疼痛が駆け抜けた。痛いのに気持ちがよくて尻が上下し、そうすると自然、東桜路の性器と内側がこすれる。乳首と粘膜と、両方から生まれる快感が混じりあい、灯里は口が閉じられなくなった。

「は……、あっ……、あっ、は……、ぁ、……っ、あ……っ」

「またフェロモンが強くなったな。一度達したくらいでは足りないか」

灯里の首筋に顔を埋め、東桜路は深く息を吸い込んだ。嗅がれていると知り、ぞくぞくとした喜びと不安が、同じだけこみ上げる。

「あッ、……あ、た、貴臣、さ……っ」

「――うまそうなにおいだ」

一段と深くなった声で囁き、東桜路は唇を押し当てた。肌をきつく吸い、鼻先をすり寄せて、我慢できなくなったように歯を当ててくる。

「……、ぁ……、あ、」

このまま、噛まれてしまいたい。

深く歯を立てて噛んでもらったら、もう死んでしまってもいい。

倒錯的な幸福感に、灯里はうっとりした。自らそこを差し出すように頭を下げて、細い首筋を伸ばす。当たった歯が誘われるようにわずかに食い込み、それから――離れた。

「貴臣、さ……っ、あ、ひ、ぁ、あああっ」

噛む代替行為めいて、再開されたピストンは激しかった。短い息遣いを響かせ、東桜路は奥めがけて打ちつけてくる。受けとめる襞はぐにゅりと歪み、ずんずんという衝撃が脳まで響いた。

「――っ、あ……、ひっ……、待っ……、ぁ、ア、……っ」

揺さぶられ、よくわからないままにきゅんと腹の奥が引き絞られる。手足までが一気に強張り、次の瞬間に灯里は達した。

「ぁ、――っ、あ、ああッ！」

達してもなお穿たれて、びっしょりと濡れたように感じる。ぐちゅぐちゅと絶え間なく響く音にあわせ、達したのにまた達する感覚に襲われ、たまらずに仰け反った。

わずかに息を呑み、東桜路が身を引いた。

支える楔を失って、灯里の身体はくたりとシーツに崩れる。

手足がだるい。東桜路を受け入れた場所はじくじくと疼き、余韻で身体がひくついた。もうないのに、まだはまっているみたいに、塊を感じる。

（……死んじゃうかと思った……）

セックスがこれほど気持ちいいものだなんて、知らなかった。

あんな声が出て、じんじんして。熱くて、苦しくて――すごく奥まで、東桜路が入ってきて。

思い出すとじゅくんと下腹が潤み、灯里は俯せたまま膝をすりあわせた。

どうしよう。こんなに疲れているのに、もう一度、入れてほしくなっている。

孔から溢れた愛液が、股間を伝ってシーツに染みていく。

濡れた感触にもぞりと尻を動かしたとき、東桜路が横に腰掛けた。どこかぎこちない手つきで、灯里の耳を撫でてくれる。

「三回も達すれば充分だろう。眠れそうか？」

つきん、と胸が痛んだ。涙まで浮かんできそうになって、灯里はシーツに顔を押しつけて頷いた。

「はい。……ありがとう、ございました」

もう一度お願いします、などと、言えるわけがなかった。東桜路はわざわざ、灯里の発情の熱を鎮めるためだけに、手伝ってくれたのだ。

灯里を貫いた性器はとても硬かったけれど、あれはフェロモンに反応しただけだ。

愛しているとか——そういうことじゃ、ない。

(明日は、施設に戻らないと)

二度と彼の手をわずらわせるわけにはいかない。本当は今日だって、甘えるべきではなかった。

手足を縮め、無作法だとわかりつつ、東桜路に背を向けた。

「すみません。今日は、このまま、休ませてください」

「もちろんだ。——身体は自分で拭けるか？ タオルは持ってくる」

「はい。……ほんとに、ごめんなさい」

「謝ることはない。最後まできちんとしてやれなくて、私のほうこそすまない。綺麗にしてやりたいが……触れたら、またフェロモンに負けそうだ」

東桜路はもう一度耳と髪を撫で、部屋を出ていった。ほどなくタオルを持ってきてくれ、おやすみと告げて去っていく。完全に彼の気配が消えるのを待って、灯里は起き上がった。

東桜路の用意してくれたタオルは温かかった。熱いお湯で濡らして絞ってくれたのだろうあたたかさに、ぽろりと涙がこぼれてくる。

唇を噛んで嗚咽をこらえ、灯里はごしごしと股間を拭いた。

オメガになんて生まれてこなければよかった、と初めて、心から思う。

発情期なんてほしくない。

心をともなわないセックスで、こんなに惨めな思いをするなんて——オメガでさえなければ、味わわなくてもすんだのに。


「とーり、ママのにおい！」

昨日が嘘のように、珠空は起きたときから元気で機嫌がよかった。発情期ともなるとフェロモンは離れていても感じ取れるようで、小さな鼻をうごめかせては、幸せそうな顔をする。

「ねー、ぼーるであそぼ！　ぼーるさん」

じゃれてまとわりつく珠空に手を引っぱられ、灯里は鈍痛に顔をしかめた。

「今日は……灯里、ボールでは遊べないかも」

全身だるいだけでなく、ずうんと腰が痛いのは、たぶん昨晩の行為のせいだ。初めて男性を受け入れた場所も、いまだになにかが挟まったような違和感があって、歩くとぎこちない動きになってしまう。

慣れない痛みに戸惑う灯里を東桜路は労って(ねぎら)くれて、家事は今朝からすべて代わりにやってくれている。

珠空は灯里を見上げると表情を曇らせた。

「とーり、いたいいたい？」

「……ちょっとだけね。でも、いっぱいじゃないから、ボールじゃなかったら遊べるよ。消防車さん走らせたりとか」

「おそと？　おへや？」

「珠空が行きたかったら、お外で遊ぼう」

にこ、と笑いかけると、珠空もほっとしたように笑顔になった。とてて、と走っておもちゃ入れから消防車やパトカーの模型を出すと、駆け戻ってきて灯里と手をつなぐ。

ちょうど洗濯物をかかえてランドリールームから出てきた東桜路が、二人を見て目を細める。

「外で車遊びか？」

「うん！　おとーさんもする？」

珠空は無邪気に東桜路を見上げ、灯里はひそかにひやひやした。家事は代わってもらったが、だからこそ、終われば東桜路は仕事がしたいはずだ。断られて珠空がしょんぼりするのは可哀想だった。

予想に反して、東桜路は穏やかに頷いた。

「洗濯物を干したら混ぜてもらうよ」

「じゃあ、しべるかーももってくの！」

頬を上気させて、珠空は大きく尻尾を振った。おもちゃ入れに駆け戻ってショベルカーの模型も出し、張りきって庭に降りる。

ぺたりと芝生に座って遊びはじめる珠空を眺めながら、灯里は洗濯物を干すのを手伝った。

「身体はつらくないか？」

「はい。立って作業するだけなら、そんなに痛くないので」

珠空の小さな服をハンガーにかけると、東桜路がくすりと笑った。

「腰の痛さもだが、私が聞いたのは発情のほうだよ。だが、その様子なら大丈夫そうだな」

ぼっ、と灯里は赤くなった。からかいを含んだ東桜路の眼差しが恥ずかしい。

「昨日は……本当に、すみません。今日は大丈夫そうなので、もう少し動けるようになったら、午後にでも施設に戻ります」

「どうして？」

東桜路は灯里のシャツをさばいて皺を伸ばし、手際よく干す。灯里は口ごもった。

「だって……その、発情期は、一週間くらい続くので……」

「昨日のように私とすれば楽になるんだろう？　だったら、わざわざ体調が優れないのを無理して里帰りする必要はない」

「でも……それじゃ、貴臣さんにご迷惑がかかります」

「私は迷惑だなんて思わないよ。灯里がどうしても私に触れられたくないと言うなら無理強いはしないが、昨日の感じなら、悪くなかっただろう？」

「……っ」

そんなこと、答えられるわけがない。

首まで真っ赤になって俯くと、東桜路は耳に触れた。優しく撫で下ろし、つけ根のあたりに口づける。

「安心しなさい、中出しはしない。今日はスキンも用意しておくから」

灯里はぎゅっと両手を握りあわせた。耳にキスされただけなのに、胸もおなかも熱くなってくる。

「それと、昨日飲んでいた薬だが、処方日と処方量と、残りの量を確認したが、一日四回飲んでいる計算だ。頓服が認められているとはいえ、毎日多量に飲むのは感心しないな。性的興奮がつらいだけなら、遠慮せずに私に言うこと。いいね」

「――、はい。ありがとうございます」

頷いたものの、きっと言えないのはわかっていた。エッチな気分です、だなんて普通は言えない。もしかしたら、愛しあう夫婦や恋人同士なら言えるかもしれないけれど。

東桜路は誠実で優しいから気遣ってくれているだけだとわかっていて、性的な処理をしてもらうのは、申し訳ないし寂しい。

（やっぱり……今日は無理でも、明日とか、施設に戻ったほうがいいよね。三日目あたりが一番つらいし。珠空には……可哀想なことをしちゃうけど）

東桜路だって、積極的に灯里を抱きたいわけではないのだから、もう一度頼めばわかってくれるに違いない。

夜にでももう一度伝えよう、と決めた灯里の耳に、東桜路は再度キスした。

「さあ、洗濯物の残りは私が片付けるから、珠空と遊んでやってくれ」

「でも、まだたくさん……」

「珠空も待ちかねてる」

見れば、珠空は興味津々な表情でこちらを見上げていた。せっかく出した車のおもちゃも放り出している。灯里は「すみません」と頭を下げて、珠空のそばに腰を下ろした。

「おまたせ。灯里はどれを走らせればいい？」

「とーりはぱとかーさんね」

珠空はパトカーの模型を渡してくれ、なおもじぃっと灯里を見上げた。

「珠空、なあに？」

「あのね。おとーさんと、とーり、なかよしさんに、なったね」

「貴臣さんと、僕？」

「おとーさん、とーりを、いいこいいこしたの」

珠空は大きくにっこりすると、立ち上がって灯里に抱きついた。上手に灯里の頭を抱え込み、うさぎ耳を咥えて手を動かす。

「んーん、んーん！」

「珠空、しゃべれてないよ。お耳を口から出さないと」

くすぐったさに笑いながら、さっきのキスを見ていたんだなとわかって、気恥ずかしい気持ちになった。

(僕、変な顔してなかったらいいんだけど……)

「たからも、とーりをいいこいいこなの！」

「そっか。じゃあ、灯里も珠空をいいこいいこするね？」

「うん！」

きゃらきゃら高い笑い声をあげて抱きついてくる珠空に、ちくりと罪悪感を覚えた。東桜路と灯里の距離が近づいたのを、珠空は敏感に感じ取っている。なのに自分ときたら。

(僕、欲張りになってたよね)

恋人のように甘い関係でなくても、東桜路は灯里を大事にしてくれている。発情期にあわせてセックスまでしてくれて、優しくしてもらって——それが申し訳ないだけならともかく、「寂しい」だなんてばちが当たる。

(もう迷惑はかけないようにして、午後はちゃんと家事をして——里帰りするあいだも、園長先生に頼んで、シッターさんを探してもらおう。これ以上、貴臣さんに甘えちゃだめだ)

珠空が消防車を走らせるのにあわせて、右手でパトカーを操り、灯里は左手で耳を撫でつけた。

昼食は灯里が用意し、珠空をお昼寝のために寝かしつけたところで、異変に気がついた。

トイレで下着の中を確かめると、ねっとりと愛液が糸を引いていた。こんなに、と顔を赤らめつつ、ため息が出てしまう。

いつもの発情期より分泌が多いのは、そばにアルファがいるからだろうか。それとも、初めて抱いてもらう喜びを知ったせいか。

どちらにせよ困った事態で、仕方なく下着を穿き替えてから、小さなバッグに最低限のものをつめた。今出れば、日が暮れる前に施設に着ける。濡れてしまうだけでまだ火照りも少ないし、具合も悪くない。

急ごう、と決めて書斎をノックすると、東桜路はわざわざドアを開けてくれた。帽子をかぶった灯里に目を瞠る。

「買い物なら、今日はしなくても大丈夫なんじゃなかったか？」

「いえ、買い物じゃなくて……施設に、戻ろうと思いまして」

言った途端に東桜路の眉根が寄り、灯里は早口に続けた。

「貴臣さんが気遣ってくださったのは本当に嬉しくて、その、し、していただいたのもいやじゃなくて、嬉しかった、くらいなんです。でも、明日とか明後日とか、毎日ご迷惑をおかけするわけにはいきませんし、発情中はどうせ家事も満足にできないと思うので、僕がいたほうが貴臣さんの負担も増えちゃうから……」

「そんな理由で、帰ると言うのか？」

強い力で腕を摑まれて、ぞくっと背筋が震えた。見上げた東桜路の目は暗さを増していて、近づけられるとひらいた瞳孔に自分の顔が映って見えた。

「そんなにフェロモンを撒き散らして電車に乗るつもりなのか。アルファが居合わせたらどうする？　かるく摑んだだけで逃げられないのに、強引にされたら逆らえないだろう？」

「……た、かおみ、さ……っ」

「……、い、いたっ……」

服ごしに指が食い込んで痛かった。小さく呻くと、東桜路ははっとしたように力をゆるめた。

「とにかく、ひとりで家を出るのはだめだ。私に迷惑がかかるだとか、そういう理由なら帰る必要はないと、今朝も言ったはずだ。それに――」

今度は痛くない強さで肩を摑み、東桜路は灯里の頰を撫でてくる。

「私に抱かれるのが嬉しかったと言うなら、なにも問題はないだろう？」

「……あ、」

顎を持ち上げられると、小刻みに全身が震えた。キスされる。唇に――恋人みたいに。

「んっ……、ふ、……んん……っ」

ついばんだ東桜路はすぐに舌をすべり込ませてきて、大きく厚みのある舌を含まされると、びくりと下腹部が脈打った。膝からは力が抜け、ひとりでは立っていられなくなる。揺れてもたれかかった灯里を東桜路は抱きとめて、書斎のソファに横たえた。

そのあいだもキスは繰り返されて、頭がどんどんぼうっとしていく。

全身、熱い。流されるわけにはいかないのに、服を脱がされても抵抗できない。

「ふ……、や、……、ぁっ、やめて……っ」

かろうじて「いや」と訴えても、興奮に蕩けた声では説得力がなかった。手早く灯里の下肢を剝き出しにした東桜路は、そこを覗き込むと笑みを浮かべた。

「ぐしょぐしょにしてるな。パンツまでべったりだ。ずっと濡れていたなら、早く言えばよかったのに」

「ち、違いますっ……、あ、……は、……んッ」

「見なさい、こんなに糸を引いて」

股間を撫でた手を広げて見せられると、透明な液体が細く垂れた。灯里はかあっと赤くなって顔を背けた。

「すみませ……僕、こ、こんな……恥ずかしい」

さっき下着を穿き替えたばかりなのに、壊れたみたいに溢れてしまっている。

羞恥に閉じあわせた膝を、東桜路は大きく広げた。

「恥ずかしがることはない。よく見せてごらん」

「やっ……、の、覗かないでっ……、だめ、だめですっ」

「オメガの身体のことは、急いで勉強したよ。……きみは陰毛が薄いな」

「――ッ、あ、……あ、ああっ」

ちゅっとペニスの先に口づけられて、燃えるような快感に腰がくねった。東桜路は膝をがっしりと押さえたまま、舌を伸ばして幹を舐めてくる。

「ここから出るのは愛液で、精子は作れない。後ろの孔からももちろん出るから、その分、男性型のオメガは分泌量が多く、セックスの回数が多くても耐えられるそうだね。女性型は母乳の量が多いから、乳児の世話は他人の分もまかなえる。だが男性型のほうが妊娠可能な年齢が長く、ひとりで多くの子供を産むのに適している。――灯里はそれでも、平均よりも濡れやすいようだ」

「や、ぁあっ……、貴臣、さ……、それ、や、めて……っ」

「慣れれば好きになる」

太ももを持ち上げた東桜路は、奥の窄まりにも舌を這わせてくる。つつかれるとどろりと体液が湧き出すのがわかって、灯里は必死に孔を締めようとした。

そこに、東桜路が唇をつけた。

「――っ、ひ、うっ……、や、ぁあっ……！」

すすり出される感覚は強烈だった。否応なく排泄させられるのに似た、あやうい快感。東桜路はうかがうように舌を差し入れ、中を舐めこすってまた吸った。

「ん……っ、で、でちゃうっ……、たかおみ、さ……やだ、ぁっ」

「これなら、挿入より痛みがないだろう？　好きなだけ達ってかまわない」

「や、だめ……、いやっ……でちゃうっ……」

音をたてて啜られて、腹の奥がきゅんとよじれる。息を呑む暇もなく腰が持ち上がり、灯里はつま先まで強張らせて達した。ペニスからはたっぷり愛液が溢れて、薄くて短い陰毛を濡らす。

「――っ、は……っ、んっ……」

達したのに、身体の深い場所がむずがゆくてもどかしかった。昨日までは知らなかった場所がじゅくじゅくと熟れて、触ってほしがっている。尻の谷間を愛液が伝って、どこもかしこもひくひくした。

達ったばかりなのに、尖ったペニスも見る間に角度をつけていく。

壊れたみたいで、ぼろぼろと涙がこぼれた。

「たか、おみ……さん……っ」

「一度では足りないようだな。今度はペニスをしゃぶってみようか」

「や……、や……っ」

ちゅぽ、とかるく含み込まれ、溶けてしまいそうな気持ちよさに見舞われながら、灯里は何度もかぶりを振った。

「ちが、くてっ……、な、なかっ……だ、だめ、え……っ」

「中なら、指を入れてあげよう」

宥(なだ)めるように東桜路は先端にキスしてくれる。二本そろえた指が濡れそぼった襞を掻き分けて丁寧に挿入され、ぐうっと内壁を押した。

「——っ、は、ぁっ、……あっ……、ぁあっ……」

気持ちよくて身体が反り返る。硬くしっかりした東桜路の指のかたちに、ぴったりと粘膜が吸いついて、そこをこすってもらうと腰が揺らめいた。短い尻尾は快感のせいで小刻みに跳ねる。

「う、んっ……、は……、んっ……」

「昨日より上手に腰が振れているね。灯里は飲み込みがいい。この奥のほう、好きだろう？」

「あッ……、あ、んっ……、あ、ぁッ」

「気持ちよかったら頷いてごらん」

ひくりひくりと尻を振る灯里を眺め下ろし、東桜路は指をばらばらに動かした。左右に肉筒を広げられ、圧迫感と熱っぽさが胸まで響いた。

(だめ。気持ち、いい……っ)

「灯里？　気持ちよくない？　それとも、いい？」

再び問われると我慢できなかった。かくん、と操られたみたいに、灯里は頷いた。

「い……、い、ですっ……」

「奥が、いいんだね？」

「あっ、……あ、おくっ……、おく……、す、すきっ……」

「蜜が溢れてとまらないな。指を三本に増やして太くするのと——私を入れるのと、灯里の好きなほうにしてあげよう」

ぬちぬちと音をさせながら、東桜路は何度も指を閉じたりひらいたりした。すっかりほころんだ灯里の奥は、最大限指を広げられても痛みを覚えることはなく、ただ拡張される快感で震えていた。閉じたりしないで、ずっと広げられていたい。もっと太いもので隙間なく埋められて、苦しいくらいいっぱいに襞を占領してほしい。——昨日、みたいに。

はらはらと涙をこぼして、灯里は胸の前で手を組みあわせた。

「た……か、おみ、さんの……、く、ください……っ」

きつく組んでおかないと、しがみついてしまいそうだった。東桜路に抱きついて、身も世もなくねだってしまいたい。

抱いて、入れて。たくさん出して。離さないで、僕をあなたのものにして。

「おくっ……おく、してくださ……っ」

「——本当に素直で、いい子だな、灯里は」

目を細め、東桜路は低く呟いた。

そうして、自身のベルトを外し、すっかり育ったものを取り出す。手早く避妊具をかぶせていきながら、安心させるように灯里に笑いかけた。

「昨日よりは灯里の身体も慣れたはずだ。痛みも、あとのつらさもずっと楽だよ。こうしてスキンをつければ、妊娠の心配もない。灯里は安心して、委ねていればいい」

「――はい」

違うのに、と灯里は目を閉じた。

心細そうに見えるとしたら、それは灯里が寂しいからだ。恋愛感情のない行為じゃなくて、愛しあうことを身体が望んでいるから。

（……でも、僕だって。貴臣さんの、が、ほしいって思うのは……きっと、発情期だから）

東桜路のことは好きだ。でも、恋じゃないはずだった。出会ったばかりなのだから。

精液がほしい気がするのだって、ただの本能だ。

きっと恋じゃない、と思うのに、スキンをまとった東桜路自身をあてがわれ、挿入されると、快感と同じくらい悲しさが胸を刺した。

薄くて存在もわからないスキンなのに、昨日の生身の彼とは全然違う。灯里の肉襞と東桜路の肉杭が、微細な凹凸さえぴたりとくっつき、ずるずるとこすれるあの感触とは違い、あまりにも滑らかに行き来される。

突かれればびりびり痺れて気持ちいいのに、東桜路の心が自分にない、と思うと、せつない痛みが襲ってくる。

(好きになってもらえたらいいのに)

「――っ、あ、……、は、……っ、あ、……、ん……っ」

ゆったりしたリズムで突かれながら、灯里はすがるものを求めてソファの上に手を這わせた。革張りの表面には爪がひっかかる余地もなく、どうしようもなくて自分の耳を摑む。握りしめると痛くて、涙がとめどなく溢れた。

東桜路が困った顔をした。

「やはり痛むか？　そんなに握ったら、耳まで痛くなってしまうだろう……ほら、離して」

灯里の指を一本ずつはがして、東桜路は手のひらをあわせた。灯里の指のあいだに自分の指を入れ、かるく握りあわせる。

「こうしてつないでおこう。苦しかったりつらかったりしたら、ぎゅっと握りなさい」

「――貴臣、さん……」

「きついなら抜いて、また舐めてやるから、泣きやんでくれ」

両手とも握りあわせて、東桜路は灯里の目元を舐めた。涙を舌でぬぐわれて、じんわりと胸の奥が熱く、痛くなった。

(貴臣さんは、すごく優しい)

必要にかられて一緒に暮らすようになった灯里に対しても、これほど優しいのだ。恋人相手なら、どれほど甘やかな態度を取るのだろう。気がきかないから長続きしなかったと東桜路は言ったけれど、きっと相手の人とはたまたま、相性があわなかっただけに違いない。

僕を恋人にしてくれたら、嫌いになんてならないのに。

そう思い、灯里は心臓を貫く痛みに唇を震わせた。

(好きになって、なんて言えないのに)

書類上の妻にすぎず、愛されていないと思うとこんなに苦しい。

発情期だから、とごまかしても、自分の心は偽れない。

好きになってほしいのは、灯里が東桜路を好きだからだ。

たとえ発情期が終わっても、この苦しみは消えないだろう。

「灯里？　一度休むか？」

きゅっと指に力を込め、東桜路が頬や目元にキスを繰り返した。つながったままでは彼のほうが無理のある体勢だ。灯里はふるふる、と耳ごと頭を振った。

「う、ごいて、ください……奥、ついて」

「――痛くはないか？」

「ない、です……じんじんして、すごく、きもち、いい、から」

ついて、とねだって、灯里は頑張って尻を上げた。できるだけ体内をゆるめて、自分から東桜路の分身を奥に招き入れる。

「――はっ……、く、……っ」

「灯里は発情期まで献身的だな。……さあ、もういい。私が動くから、力を抜いて」

「はいっ……、んっ……、ふ、……っ」

東桜路が穏やかに抽送(ちゅうそう)を再開した。ぐぐ……、と奥が押し広げられ、襞を潰(つぶ)される快感に喉をひらく。

「は……んっ、……あ、あっ……、い、ですっ……貴臣、さ……」

ぐちゅんと突いてもらうのが嬉しい。精液は注いでもらえなくとも、東桜路の猛(たけ)った分身は、彼の欲情を教えてくれる。

「あっ……、あぁっ……、き、きもち、いっ……、たかおみ、さんっ……」

くらくらと意識が揺れて、東桜路のくれる快感に染まっていく。灯里は自らそれに浸るように声を出した。

「きもち、いっ……、おくっ……う、れし……っ」

「感じてくれて嬉しいよ灯里。――私も、いい」

大きく腰を使って攻めてくれ、東桜路は深々と埋めたところで動きをとめた。そうされるとじんっと深い歓びが湧いて、肌が快感にざわめいた。もう一度同じようにピストンされると、弱く達したような痺れがやってくる。

「……っ、ひ……、あ……っ」

「いいぞ灯里。もっと蕩けて、たくさん感じなさい」

「あ、ぅっ……、ふ……っ、あ……ッ」

ぶちゅぶちゅ泡立つ音をさせながら、東桜路は速度を上げていく。かるい絶頂はまたたくまに尾を引く重たい快感に変わり、休みなく突かれはじめると震えがとまらなくなった。

「あ、アッ……、い、いっちゃ、うっ、ああっ、んッ、……いくッ、……ア、ぁッ」

「達く顔を見せてごらん？　私を見て——そう、そのまま、達くんだ」

「——は、ァッ、あ、……あ、ぁ、あッ！」

強く穿たれて、弾けるような絶頂が訪れた。総毛立つほどの快感に身悶えて、それでもずんずんと穿たれて、何度も何度も体内が窄まる。腹の中を鷲掴みにされる感覚。びしょびしょに、熱く濡らされていく愉悦。

極める中で、東桜路のものがどくりと脈打った気がしたが、気のせいだったかもしれなかった。

彼の分身は硬度を保ったまま出ていき、東桜路は深く息をついて顔を寄せてきた。

「灯里」

「たかおみ、さ——、……ぅ、」

掠れ気味の声に応えかけた唇を、深く重ねられる。

熱っぽい口づけだった。性器さながらに舌で口内を愛撫され、灯里はうっとりした。

大人なら、一夜の情事の相手にもキスするものかもしれないけれど。

キスする程度には嫌われていないだけでも、こんなにも嬉しい。

（貴臣さん。……好き、です）

心を打ち明けられないかわりに、灯里はおずおずと東桜路のキスに応え、つないだままの手に少しだけ力を込めた。


長く感じられるだろうと思っていた発情期の一週間はあっというまだった。

初日から数えてぴったり八日目、目覚めるとあの特有のだるさはどこにも残っておらず、頭も芯からはっきりしていた。

終わったんだ、とほっとするのと同時に、終わってしまった、とも思う。

（これで、貴臣さんにしてもらうのも、おしまいだ）

現金なもので、好きだと気づいてしまうと、東桜路にはそんな気はないとわきまえていても、触れてもらえるのが嬉しかった。虚しい妄想だけれど、彼の優しい愛撫は「愛されているのだ」と想像するには充分で、セックスのあいだだけでも夢を見ていられたのだ。

自分は旦那様に愛される新妻で、二人は心から愛しあっている証に身体を重ねているという、甘い夢。一番つらい三日目や四日目は、朝昼晩と三度抱かれ、夜中に目覚めてひとりで耐えようとしたときも、東桜路は起きてつきあってくれた。

朝まで一緒の寝室で眠るのは初めてのことで、それもたまらなく幸せだった。

でも、同じベッドも今日で終わりだ。

まだ目を閉じて眠りの中にいる東桜路をそっと見つめると、胸がきゅんとした。眠っていても、東桜路の顔は端正だ。起きているときより表情がゆるんで親しみやすい。普段の気難しささえ漂う理知的な表情は、目の力なのかもしれない。

深い色あいの彼の目が、情欲を灯(とも)して暗くなるところを思い出し、灯里はひとり赤くなった。

発情期が終わったのに、もう一回抱かれたい気持ちになるのははしたない。

キスもうおしまい、と内心で自分に言い聞かせ、灯里はできるだけ静かにベッドを抜け出した。

今朝はボリュームたっぷりの朝ごはんにしよう。

白米を炊く時間はないからパンにして、メインはきのこを入れたオムレツで、ソーセージはカニさんにしてソテーして。トマトは分厚くスライスして焼き、オムレツと一緒に食べてもらおう。スープはサラダビーンズを使って野菜たっぷりで、仕上げに豆乳を入れて。

エプロンをつけ、キッチンで忙しく朝食の支度をしていると、かるい身体につられたように、気持ちも明るくなってくる。

この一週間は、東桜路に迷惑をかけただけでなく、珠空にも寂しい思いをさせてしまった。火照りだけでもだるいのに、東桜路に抱いてもらった身体は常に潤みを帯びていて、せがまれても一緒に走ったり、激しく動く遊びにはつきあってあげられなかった。聞き分けのいい珠空は、灯里に抱っこされて匂いを嗅ぐだけでも機嫌よく過ごしていてくれたが、次の発情期までは、めいっぱい遊んであげたい。

(そうだ。三人でどこかにお出かけするのもいいかも。キャンプとか……貴臣さんと僕がいれば、泊まりがけでも珠空も楽しんでくれそうだし)

あとで相談してみよう、と考えつつスープを仕上げ、灯里は主寝室に入って東桜路に声をかけた。

「貴臣さん、おはようございます。朝ごはんできましたから、起きてください」

「――朝ごはん？　灯里、きみ、もういいのか？」

すぐに起き上がった東桜路は、エプロン姿の灯里を見ると微妙な表情をした。不安げにも見えるその表情に、笑って頷く。

「はい、終わりました。身体もすっかりかるいので、今日からこの一週間の分も頑張りますね。貴臣さんにはいっぱいご迷惑をおかけしてしまって、すみませんでした」

「……もう、なんともないのか」

「はい。もう大丈夫です」

東桜路は意外と心配性なのかもしれない。本当に大丈夫だろうな、と念を押されて、灯里はくすりと笑った。

「心配でしたら、あとで珠空と庭で追いかけっこしますから、見ててください。いつもより元気なくらいなので……これも、貴臣さんのおかげですね。ありがとうございました」

「そうか……、それなら、いいんだ」

くしゃりと髪を搔き上げて、東桜路は顔を逸らした。

「支度したら行くよ」

「はい。珠空、起こしてきますね」

ドアを閉める間際、彼がため息をつくのが聞こえて、少しだけ胸がちりちりした。ため息をつくくらい、この一週間は大変だったのだろう。いくらアルファは体力があるとはいえ、一日三回もだなんて、最後のほうは苦行だったかもしれない。

なにかお詫びをしなくちゃ、と決心しつつ、珠空を起こして着替えさせる。顔を洗うのを見守っていると、珠空はぷくっと頬を膨らませた。

「とーり、いいにおい、いっぱいするときと、しないときがあるんだよ」

「あの匂いはね、いっぱいがいい」

「たから、いっぱいだと困るんだけどな。具合悪くなっちゃうんだ」

「うーん……灯里はいっぱいだと困るんだけどな。具合悪くなっちゃうんだ」

しゃがんで視線をあわせると、珠空はぴこっ、と耳を立てた。

「いたいいたい、するの？」

「いたかったり、苦しかったりするんだよ」

「……そっかあ……」

ママと同じ匂いはたくさん嗅ぎたいけれど、灯里が痛いのはいやだ、と思っている顔で、珠空はしょぼんと肩と尻尾を下げた。

「とーり、たいへんなのかあ……」

「ごめんね。でも、またいっぱいの日が来ちゃうから」

横に寝てしまった耳のあいだ、頭のてっぺんを、灯里は撫でてやった。

「いっぱいにおうときは、お庭で遊ぶのできなくなるけど、またたくさん抱っこしてあげる。だから、次にまたいっぱいになるまで、珠空、ちょっとだけ我慢してくれる？」

「わかった。たから、つよいこだからがまんする」

「うん。強い子だもんね。ありがとう」

ぽすんと抱きつく珠空を抱き上げて、ダイニングまで移動する。キッチンでは、東桜路がコーヒーを淹れつつ、パンを焼いてくれていた。珠空を抱いた灯里を見ると、穏やかな笑みを浮かべる。

「珠空、オレンジジュースと牛乳はどっちがいい？」

「にゅーにゅーさん！」

もがいて灯里の腕から降り、珠空は東桜路に駆け寄っていく。

「あのね、とーりね、いいにおいだといたいいたいだから、たから、がまんするんだ！」

「そうか。珠空は我慢ができるのか。偉いな」

「つよいこだからね、がまんするの。とーりがいいにおいになったら、だっこしてもらうんだー」

「灯里が痛い痛いなのに、抱っこしてもらうのか？」

東桜路は彼らしくもなく、にやりと笑った。どこか悪戯っぽい、たくらみごとのある表情だ。思わせぶりな視線まで投げかけられ、灯里ははらはらした。彼がなにを珠空に言うつもりなのか、まったく予想がつかない。

珠空はうーん、と困り顔で唸る。

「そっかあ……いたいいたいだもんね……。えっとね、じゃあ、だっこしてもらって、たからも、いいこいいこしてあげる！」

「父さんなら、父さんが灯里を抱っこしてあげて、いいこいいこしてやるが」

「っ、貴臣さんっ！」

思わず声をあげてしまったが、珠空はぱっと顔を輝かせると両手をあげた。

「たからも！　たからも、とーりをだっこして、いいこいいこする！」

「うん、その意気だ。父さんも負けないように頑張ることにしよう。とくに珠空が寝てるあいだに、ね」

「えー。おとーさん、ずるいよ！」

「大人同士なんだから当然だよ。灯里だって、お父さんのいいこいいこをいっぱい喜んでくれる」

笑みを浮かべて珠空の頭を撫でつつ、東桜路はウインクまでして見せて、灯里は赤くなって顔を押さえた。

恥ずかしいというよりいたたまれない。子供の前だから、という以上に——昨日までの自分の痴態を東桜路が覚えていて、自分をからかっているのだと思うと、じわっと涙が浮かんだ。

「……こ、子供に変なこと言わないでください」

「変なことは言ってない。いずれ珠空が理解する日が来たって、仲のいい両親だと思うだけだよ」

珠空の分の牛乳をグラスに注いだ東桜路は、真っ赤な灯里を見ると苦笑した。

「そんなに恥ずかしがることはないだろう」

「……だって、昨日までいっぱい迷惑をかけちゃったって、反省していたところだったんです」

過剰な反応だと、灯里だってわかっていた。浮かんだ涙を見られないよう横を向いてすばやくぬぐうと、東桜路がはっとした様子で顔を近づけた。

「灯里？　泣いてるのか？」

「……大丈夫です」

東桜路を見られないままでは説得力がなかったのか、彼は耳を撫でてくれた。

「悪かった。きみが急にいつもどおりになったのを見たら、つい言いたくなってしまったんだ。……変な言い方だが、置いてけぼりをくらったみたいでね」

「置いてけぼり、ですか？」

「きみは清潔な顔をしているのに、私のほうは、今日もきみを抱くんだろうって考えてたってことさ。もちろん、それがいやなんじゃない。灯里は――ほら、家族だろう？」

涙ぐんだ灯里を慰めようと、東桜路の声は必死だった。

「普通の夫婦とは違うが、それでも、協力しあうチームには変わりない。困ったときはお互い様だから、灯里のためならなんでもしてやりたいと思っている。でも、今日のきみは、私の手助けを必要としてない。その変化が急だから少し戸惑ったんだ」

悪かった、と重ねて謝られ、灯里は首を横に振った。

「僕こそすみません……本当に一週間、毎日でしたもんね」

発情期の終わりは唐突で、オメガが身近にいなければ最初は戸惑うのも当たり前だ。逆に言えば、発情期のあいだ、どれだけ東桜路が協力してくれていたかがわかって、灯里は精いっぱい明るく笑った。

「お詫びに今朝の朝ごはんはたっぷり用意しましたから、たくさん食べてくださいね」

「――ああ」

やや複雑そうながらも、東桜路も笑い返してくれた。

三人で食卓について食事をはじめてから、灯里は切り出した。

「貴臣さん、よかったら、今度三人で出かけませんか？」

「もちろんかまわないが……改めてそう言うってことは、近所に買い物ではなく、遠出しようというお誘いかな？」

「ええ。ちょうどいい季節だから、キャンプとか。珠空も、僕たち二人がいれば不安にならずに楽しめると思いますし、一泊旅行もいいかなって」

「キャンプか……私はしたことがないが、珠空は？　お父さんと灯里と珠空で、お出かけしたいか？」

「おでかけ？」

「車でおでかけしてね、広い原っぱで、ちっちゃい布のおうちを作って、そこで三人で寝るんだよ。ごはんもみんなで作るの」

「すごぉい……とーり、おうちつくれるの？」

ぴょこりと耳を立てて、珠空は目を輝かせる。作れるよ、と頷いてやると、興奮してフォークを振り回した。

「たからも、おうちつくる！　おでかけしたぁい！」

「よかった。……貴臣さん、お仕事は大丈夫ですか？」

「今日行くというのでなければ大丈夫だよ。週末だとありがたい」

「もちろん、あわせます。キャンプ場には心当たりがあるので、予約しておきますね」

施設の行事で、何度か行ったことがあるのだ。東桜路は「頼む」と頷いて、珠空と灯里を交互に見た。

「三人で初めての、家族旅行だな」

感慨深げな眼差しに、さっと胸が熱くなった。家族旅行、と心の中で繰り返す。

灯里にとっては、生まれて初めての家族旅行だ。

愛ではじまった家族ではないけれど、充分すぎるほど素敵な家族と出かけられるなんて、卒業式の頃は夢にも思わなかった。

自分は東桜路と珠空の家族にあとから混ぜてもらっただけなのに——家族だと言ってもらえた。

「楽しみです」

感動に頰を上気させた灯里につられたように、東桜路も珠空も笑ってくれて、灯里をさらに幸せな気持ちにした。


キャンプ場の予約が取れたのは七月初めの土日で、天気が心配だったが、当日は夏らしい晴天に恵まれた。

間近に美しい山脈を臨む広々とした芝生では、家族連れのキャンパーたちが思い思いに楽しんでいる。

灯里たちもさっそくテントを広げた。ノルディックテイストのオフホワイトのテントはシンプルだが、色とりどりのフラッグガーランドで飾りつけ、テントの前にはウィンドフラワースピナーを立てた。テントの中はラグとクッションで、のんびりくつろげるようになっている。

風にはためく小さな三角旗や、くるくる回るカラフルなお花に、珠空はすっかりご満悦だった。

飽きずにスピナーを眺める珠空の横で、東桜路に手伝ってもらって大きなマットを広げる。アウトドア用に裏面が防水加工になったマットは、表面はカーペットのような肌触りになっている。その上に折りたたみ式のウッドテーブルと椅子を広げ、コンロやケトル、鍋を用意すれば、だいたいの準備は完成だ。

「私の想像していたキャンプとはだいぶ違うな……」

デッキチェアでくつろぎつつ、東桜路は灯里主導で設営したテントを眺める。

「ずいぶんおしゃれだし、キャンプ場自体も便利なものなんだな、今は」

「本格的なキャンパーの方だと、もっと素敵に居心地よく工夫されててすごいですよ」

ケトルで沸かしたお湯でコーヒーを淹れると、あたりにはいい香りが漂う。珠空用にはココアを作ろうとしたが、珠空は買ってもらった虫取り網を握ってうずうずしていた。

「ねー！　むしさん！　むしさんとり、いこ！」

「そうだね。ゆっくりするのは暗くなってからにしよっか」

車での移動で疲れていると思ったのに、初めての経験に興奮しているのか、珠空は尻尾を左右に揺らして元気いっぱいだった。珠空には少し大きい虫取り網を抱え、昆虫を追いかけて走っていく。

灯里と東桜路は顔を見合わせてどちらからともなく微笑み、のんびり珠空のあとを追った。

市街地と違い、ここでは多少離れても危険はない。同じように幼い子供を連れてきている家族もいて、どの子も楽しそうに遊びまわっていた。

ちょうちょを追いかけていた珠空は、途中でほかの子にぶつかりそうになり、転びかけたところを、相手の子が摑んで助けてくれた。

「わ、ありがとう」

追いついた灯里がお礼を言うと、彼は少し恥ずかしそうな顔をした。珠空よりはいくつか年上だろう。きりりとした顔立ちがかっこよく、近くにはよく似た面差しの弟もいた。二人ともベータだ。

「珠空も、お礼を言って」

「……ありがとー、ごまましたー！」

「……どういたしまして。おまえ、たからっていうの？」

兄のほうは、珠空の頭の耳が気になるらしい。ちらちらと見つつ、弟と手をつなぐ。

「おれのおとうとは、たかとっていう。にてるね」

「たかと、さんしゃい」

苦労して指を三本立てて、弟が自己紹介してくれ、珠空も真似(まね)して手を出した。

「たからも、さんさい！」

タカトはすぐに珠空を気に入ってくれたらしく、ふにゃりと笑うと兄の手をほどき、珠空の手を取った。

「んっとね、おかーさんの、おてちゅだい」

「おてちゅだい？」

「おはなとってきてって」

指差した先には、小さな花をつけた野草が揺れている。兄はつまらなそうにそっぽを向いた。

「はななんかやだよ。かっこよくねーもん」

「でも、おかーさんすきだから」

似た顔つきでも、兄は活発で、弟はおっとりしているようだ。それでも兄も、珠空とタカトが並んで花をむしりはじめると、見かねたようにしゃがんだ。

「ばか、そんなんじゃかざれねーだろ。もっとしたのほうから、とるんだよ」

「こう？」

「ちがっ……あーあ、はな、とれちゃったじゃん」

文句を言いつつ弟に取った花を手渡すと、兄はふっと灯里を振り返った。

「ねえ、シロツメクサで、かんむりつくれる？」

「作れるよ。……そっか、お母さんにプレゼント？」

「――うん」

照れくさそうに、でもしっかり頷くところが微笑ましい。灯里は子供たちに混じって座り、編み方を教えながら花かんむりを作ってやった。珠空やタカトには難しいので、たんぽぽを組みあわせて結ぶ、小さな髪飾りを手伝って作る。

　出来上がると三人とも顔を輝かせ、珠空も一緒になって意気揚々とテントに向かった。灯里たちのテントからそう遠くない、赤いテントの前では、お父さんがせっせと炭の用意をするかたわらで、お母さんはお茶を飲んでいた。子供たちと、後ろから距離を置いてついてきた灯里と東桜路にびっくりして立ち上がる。

　タカトは駆け寄ってお花を手渡した。

「とってきたよー」

「わあ、ありがとう。カイトも手伝ってくれた？」

「タカト、へたくそだから。おれはこれ」

　後ろに隠し持っていた花かんむりを出すと、母親は嬉しそうにしゃがんだ。兄弟そろって作った花飾りを乗せるのを、感激した様子で抱きしめる。

「ありがとね、二人とも」

「あのおにーさんがおしえてくれたんだ」

　振り返って兄が指差し、母親はにこやかに立ち上がった。

「すみません、うちの子がお世話になっちゃって」

「こちらこそ、珠空——うちの子が、転びそうになったところを助けてもらったんです」

「怪我させたんじゃなくてよかったわ。カイトはやんちゃだから。……珠空くんていうんだ？」

母親に視線を向けられて、珠空はもじもじと俯いた。子供同士はすぐに慣れても、大人相手は違うのだろう。人見知りなんです、と灯里が言おうとすると、珠空は思いきったように顔を上げた。

「とーり、しゃがんで？」

「どうしたの？」

どこか痛めたのかと慌ててかがむと、珠空は手を伸ばした。今日もかぶってきたニットの帽子を引っぱられ、ひやりとする。

長い垂れ耳がこぼれ落ちて、タカトたちの母親が息を呑むのがわかった。隠したかったが、珠空は真剣な顔で、さっき作ったたんぽぽの髪飾りを耳のそばに挿してくる。

「たからも、とーりにあげる」

「……珠空。ありがとう」

よその兄弟にだけ作り方を教えるわけにもいかず、作るのだけ楽しんでもらうつもりで珠空にも教えたから、プレゼントしてもらえるなんて思っていなかった。不意打ちに鼻の奥がつんとして、珠空をぎゅっと抱きしめる。

「嬉しい。ありがとね」

うまく言葉にならずに何度も髪を撫でると、横で兄のカイトのほうが声をあげた。

「へんなの。たからはおおかみなのに、おかーさんはうさぎじゃん」

灯里がずっと恐れていた指摘だった。やっぱり変に見えるよね、と諦めの境地で思う。いくら東桜路が家族だと言ってくれ、珠空が懐いてくれても、珠空と灯里の外見では親子には見えないのだ。

「こらっ、カイト！　どうして失礼なこと言うの！」

母親はきつい声を出して叱ったあとで、申し訳なさそうに頭を下げてくれた。

「ごめんなさいね。うちはみんなベータだから、半獣の方にはあんまり馴染みがなくて。近所にはアルファの方もオメガの方もいらっしゃるんだけど」

「僕は半獣オメガなので……大人でも珍しく思う人のほうが多いですから。気にしないでください」

珠空の頭に手を置いて立ち上がると、珠空はぴたりと寄り添ってきた。尻尾をぴんと伸ばし、珍しく睨むような目つきでカイトを見上げる。

「とーりは、かぞくだもん」

「——珠空」

「とーりは、たからのことすきなの！　たからもとーりがすき。おとーさんもすき。だから、かぞくなの！」

両足を踏ん張った小さな身体には力がみなぎっていて、一歩も引かない構えだった。

「とーりのおみみだって、たからとおんなじだよ！　ちゃんとうごくし、それに、ママといっしょだもん。いいにおい、するもん！」

「そうだね、珠空くん」

にこっとして、母親は珠空と目線をあわせた。

「大好きなお父さんとお母さんなんだね」

「……うん」

「ほらカイト、珠空くんと灯里さんにごめんなさいして。だいたいあんた、花かんむり作るの教わったんでしょ？　失礼なこと言わないの」

叱られたカイトは、寂しそうに肩を落としつつ、小さな声で「ごめんなさい」と言ってくれた。母親のほうは、親しげな表情で灯里に笑いかけた。

「お詫びに、よかったら晩ごはん一緒に食べません？　うちはバーベキューの予定なんだけど、旦那が張り切りすぎて、いっぱいあるの」

「あ、うちもバーベキューにしようかなと思ってて……すぐそこのテントで」

「やだ、近くじゃない。せっかく子供の歳（とし）も近いし、これもなにかのご縁ってことで、みんなでわいわい食べましょ」

「……貴臣さん、いいですか？」

「ああ、もちろん」

後ろで見守っていた東桜路が頷いてくれ、午後六時に合流することになった。

珠空を連れてテントに一度戻りながら、東桜路は感慨深げだった。

「子供っていうのは、思った以上に大人の話を聞いているものだな」

「そうですね。すごくよく見てますよね」

頷いて珠空とつないだ手を見つめ、灯里はつけ加えた。

「珠空が、僕に懐いてくれるのは……お母さんと同じオメガだっていうこともありますけど、貴臣さんが僕を大事にしてくださるからだと思います」

「だったらいいんだが」

笑みを浮かべた東桜路は、あいている灯里の左手を取った。

「珠空のためにも灯里に嫌われないように、私も努力しないといけないようだ」

守るように身体を寄せてくれた東桜路の手の力強さに、とくんと胸が高鳴った。発情期中も何度もつないでもらったせいで、すっかり馴染んだ感触だ。

(また勘違いしちゃう。愛されてる奥さんだって)

けれど、今日ばかりは勘違いも許される気がした。珠空にも家族だと認めてもらえたなら——それは恋とは違っていても、愛情の一種には違いない。

誇らしいような気分で、珠空がお昼寝する午後のひとときはのんびり過ごし、夕方からはカイトたちの家族と一緒に食事の支度をした。

湯本と名乗ったカイトたち一家は、アウトドアのときは父親が料理担当なのだそうだ。

「あたし料理って普段から得意じゃなくって。タカトの保育園でお弁当の日は憂鬱なのよね」

「小さい子だと好き嫌いもあるし、お弁当って制約もありますからね」

アクアパッツァの材料をアルミホイルに包みながら答えると、手元を母親の真美が覗き込んできた。

「灯里さんはお料理上手そう。キャンプでアクアパッツァなんて嬉しいわ」

「珠空が、お肉より魚が好きなんです。旦那さんもお料理上手じゃないですか」

湯本家の父親はもともとアウトドア好きなキャンパーだそうで、あらかじめタレに漬けこんだ肉を焼いたり、たこ焼きプレートでアヒージョを作ったりと、豪華でおいしそうなメニューを作る手つきも慣れている。

東桜路は旦那さんを手伝いつつ、言葉少なながら和やかに会話しているようだった。

「家にキャンプ道具がいっぱいで大変なのよ。まあ、子供も楽しんでくれるからいいんだけど。……灯里さん、そっちは？」

「ソラマメです。せっかく炭火だからサヤごと焼こうと思って……貴臣さんがお酒を飲みたいって言ってたから、おつまみになるように」

「やだ、おいしそう。そっちのお鍋は？」

「これはお野菜多めのカレーです。珠空でも食べられるように全然辛くないので、チリビーンズみたいな感じかな。大人は一味を振ってもおいしいと思います」

「もう、うちにお嫁にきてほしいわ」

真美は真顔で言って、灯里はくすくす笑ってしまった。

「お子さん二人だと、料理する時間を作るのも難しいですよね。もしよかったら、簡単に作れるレシピ、いくつか送ります。お弁当向きのメニューもありますから」

「わあ、助かる！　ていうか、家が近かったら習いに行きたいくらい」

タカトがちょっと偏食なの、と真美は子供に目を向けた。すっかり仲良くなった珠空とタカトはブロックのおもちゃで一緒に遊んでいる。カイトのほうは父親の手伝いで楽しそうだった。

「野菜がね、食べるのと食べないのの差が激しいのよね。普通の子が好きそうなものが嫌いだったりするの」

「ありますよね。なのに、意外なものが好きだったり」

「そうそう！　もし大丈夫だったら、うちまで一回遊びに来てよ。それか、お邪魔じゃなかったらあたしが行ってもかまわないわ。うちはね、東京の桜が原ってとこなの。遠い？」

「――すごく近いです」

驚いて、灯里はまじまじと真美を見てしまった。

「うちも桜が原で」

「うそ！　すごい偶然！」

真美も目を丸くして、ちょっとあなた、と旦那を呼んだ。

「灯里さん家、うちの近くなんだって！」

「へえ、よかったじゃない。子供も仲良くなったし」

人のよさそうな旦那さんは穏やかに笑い、東桜路も頷いた。

「遊びにきてもらえばいい。灯里も、そのほうが楽しみが増えるだろう？」

「ありがとうございます。……じゃあ、よかったら、今度いらしてください」

あの家は自分の家というより、どうしても東桜路のもの、という気がするが、そこに他人を招くと思うと不思議な気持ちだった。住んでいる場所に誰かを招待した経験も、灯里にはない。

胸だけでなく、身体全体が喜びであたたかい。

お土産（みやげ）持っていくね、と真美は楽しげに快諾してくれ、はじまった食事も賑やかで楽しかった。

真美の旦那さんが焼いてくれたラムチョップは、肉の塊が得意ではない灯里でもおいしかったし、辛くない豆カレーはカイトもタカトも喜んで食べてくれた。デザートにと作ってきたアップルパイと焼きマシュマロも好評で、ウイスキーを片手にした東桜路も楽しんでいる様子だった。

はしゃぎすぎて途中で寝てしまった珠空を連れてテントに戻るまで、嬉しさでふわふわした気持ちは続いていた。

テントの隅に作った小さいベッドに珠空を寝かせると、充実したため息が漏れる。

「珠空に楽しい思い出を作ってあげられたらと思ってましたけど、湯本さんたちのおかげで、僕もすごく楽しかったです」

「奥さんとずいぶん仲良くなったな」

珠空から離れたラグの上に腰を下ろし、東桜路は灯里を手招いた。隣に置いたクッションを叩かれ、ためらいがちに腰を下ろすと、抱き寄せられる。

「きみの耳のことを子供に言われたときは、どうすべきかと困ったんだが、結果としてはよかった」

「はい。子供は正直ですから……悪気があるわけじゃないんですよね」

「灯里が外に出るときに帽子を欠かさないのは、耳を隠すためだったんだな。……なぜかぶるんだと思っていた私は相当にぶい」

東桜路はするりと灯里の耳を撫で下ろした。そういえばいつからだろう、と灯里はどぎまぎして目を伏せた。彼が、なにかというと耳を撫でてくれるようになったのは——やっぱり、発情期のときからだろうか。

終わってからも、耳だけは、よく撫でてくれている。短いすべすべした毛に覆われた手触りが気持ちいいのかもしれない。

「うさぎの耳だから、敏感な器官だろう？　小さい帽子に押し込めて痛くないかと気になってたんだが――珠空のためだったのか？」

「それもありますけど……もともと、半獣オメガは珍しいので、街ですれ違うと振り返られたりするんです。それがちょっと気になって、以前から耳はよくしまっていたので、痛いとかそういうのは大丈夫です」

「じゃあ、冬でも夏でもかぶるのか」

「はい」

「夏は蒸れそうだ」

「でも、今日の湯本さんみたいに、皆さんがいい反応をしてくれるわけじゃないので――珠空がいやな思いをするくらいなら、隠しておいたほうがいいです」

「珠空を大事に思ってくれるのは嬉しいが」

耳の先を優しくつまんで、東桜路はそこに口づけた。

「灯里が熱中症で倒れでもしたら、そっちのほうが珠空も悲しむ。これからはできるだけ、脱いだほうがいい」

「――でも」

「半獣のオメガだからって奇異の目を向けるようなやつは放っておきなさい。灯里が気にすることじゃないし、灯里ならありのままの姿でも、誰からも好かれるよ」

「そうだったら、嬉しい……、ですけど」

耳を持ち上げ、毛のない内側にも唇を押しつけられて、灯里は震えそうになるのをこらえた。東桜路が大切な話をしてくれているのに、そわそわ落ち着かない気分になるだなんて恥ずかしい。といって、キスをやめてくれとはとても言えなかった。

東桜路は少しずつ、唇をつけ根に近づけていく。

「灯里はもっと自分に自信を持ったほうがいいな。私が今まで出会った中では、一番優しくて働きもので、美しい人だ。それに、芯が強いね」

「そ、そうでしょうか？」

「灯里は他人を責めないだろう？　誰に対しても誠実だし、態度を変えない。それは芯がしっかりしていないとできないことだ」

「……ありがとうございます」

ふわりと身体が熱をはらんだ。思いがけないほどストレートな東桜路の褒め言葉が嬉しい。半獣オメガだから、普通のオメガよりも劣るのは事実として受けとめてきたつもりでも、こうして認められれば嬉しいものなのだ。

「貴臣さんも、とっても誠実で優しい方だから……あなたに褒められるの、すごく嬉しいです」

恥じらいつつ東桜路を見上げると、彼はすうっと目を細めた。

明るさに乏しい暖色のランプの下でもそうとわかるほど、瞳の色が濃くなっている。抱いてくれるときの色だと気づいて、身体の芯から力が抜けた。

ここはテントで、すぐ近くで珠空が寝ていて、薄い布を隔てた向こうは外で、大勢の人がキャンプを楽しむ場所なのに、下りてくる唇に逆らえない。

「……、ん、……むっ……」

薄くひらいた灯里の口を、東桜路の唇が包み込む。すぐに舌が差し込まれて、とろとろとこすりあわされた。東桜路は時間をかけて灯里の口の中を愛撫すると、ぐっと腰を引き寄せた。

「きみの発情期が終わったあとから、ずっと待っていたんだ。灯里が私に、こうして身体を預けてくれるのを。きみ、少し私を避けていただろう？　毎晩同じベッドで寝ても、端のほうに寄って」

発情期が終わったら書斎で寝る生活に戻るのかと思っていた東桜路は、灯里の予想に反して、主寝室で寝るようになった。灯里のほうは、想いを自覚したあとでくっついて眠るなどできるわけもなく、さりげなく身体を離していたつもりだった。

東桜路は、それにしっかり気づいていたのだ。

「だって、は、恥ずかしくて」

「夫婦なんだ、助けあうのだから恥ずかしくないと言ったはずだよ」

抱き寄せた腰を、東桜路は甘い手つきで撫でてくる。

「今日は、私がきみを抱きたい。……協力してくれるか？」

「……っ、あ、」

尻まで撫でた東桜路の指が、デニムパンツの下の尻尾をやんわり揉み込んできて、灯里は頬を染めて頷いた。

褒め言葉と同じくらい、欲情してくれるのが嬉しかった。大人の男なのだから、当然性欲が高まることもあるだろう。それでも、違う誰かと発散するのではなく、灯里を相手にしてくれるというのだ。

でも、彼を受け入れたら、きっといやらしい声がいっぱい出てしまう。

「あの……貴臣さんがいやじゃなかったら、僕、口で……します」

口でしゃぶる行為なら、声をあげてしまう心配はない。東桜路は目尻を下げて苦笑した。

「たぶん灯里の口には入りきらないよ。見てみるかい？」

手を導いて触れさせられ、燃えそうに顔が熱くなった。東桜路のそこは、服越しにもわかるほど硬く、大きくなっている。前をくつろげて見せられると、想像した以上に太く凶暴そうな性器に、ごくりと喉が鳴った。長さも灯里のものとは比べものにならないが、一番違うのは根元の、ずっしりと大きな陰嚢だった。灯里のはささやかな膨らみと突起でしかないのに、東桜路の性器は袋も茎も、これでもかというほど雄々しい。

――これは、たしかに、含みきれない。

「こ……こんなに大きいのが……僕の中に、入ってたんですね」

「もちろん、全部は入れなかったさ。経験の少ない灯里に無茶をするほど野蛮じゃないつもりだ」

両手を灯里のウエストにかけて、東桜路はやすやすと持ち上げた。

「声が心配なら、向かいあわせで私の膝に乗りなさい。キスをして、塞いでおいてあげよう」

「はい……、んッ」

「灯里は手で、私のを触ってごらん。私はきみの後ろをほぐすから」

「ぁっ……、はい、……っ、んっ」

キスを繰り返ししてもらいながらデニムパンツと下着を脱がされ、下半身だけ裸になって東桜路の膝をまたぐ。大きく足をひらいてまたがる格好は子供みたいで恥ずかしかったが、指が窄まりにあてがわれると、ぱっと燃え立つ快感のほうが勝った。

「はっ……、むっ……、んん……っ」

ちゅくりと舌を吸い出され、淫靡なキスにまぶたまで震える。中に入ってくる指に腰を揺らめかせながら、東桜路の性器に手を添えれば、「上手だ」と褒められた。

「灯里は器用だから、気持ちいいよ。親指を下にしてしっかり握って、根元から上に向かってこすってごらん」

「ん……、こ、こう……？」

「そうだ。小指のほうでくびれているところをゆっくり締めて、こするんだ」

「くびれてるとこ……、ッ、あ、……ぅ、んっ」

東桜路のものは灯里のぎこちない愛撫にも反応し、ぐんと大きさを増した。

（すごいっ……まだ、おっきく、なりそう……）

濃い肉色をした性器にはくっきり筋が浮いて、脈打つのが手のひらに伝わってくるほどだ。頑張ってこすって、彼にも気持ちよくなってもらいたい。だが、尻に差し込んだ指を動かされると、気持ちよすぎて手がとまってしまった。悪戯っぽく短い尻尾を撫でられれば、甘く声が掠れる。

「し、尻尾は、は、ぁッ、んっ」

「うさぎが尻尾を振るのは喜びや興奮の表れだろう？　触るとよく動く」

本来危険を知らせたり感情を表したりする尻尾は敏感で、親しい人でもなければ、触れられればぞっとする部分だ。でも東桜路に撫でられるのは少しもいやではなくて、泣きそうになるほど気持ちよかった。

「あ、あッ――ん、む……っ、ぅ」

溢れそうになった声は東桜路がキスして吸い取ってくれたが、尻尾を撫でられながら孔の中をあや

され続けると、いくらもしないうちに灯里の身体はがくがくと震えはじめた。

「っ、あ……、ご、ごめんなさ……、あっ……く、」

「こら、唇を噛んだら怪我するぞ。口は開けて……触ってくれていれば私は気持ちいいから、灯里も中をいじられて気持ちいいなら、好きなようにお尻を動かしなさい」

「でも、……ふ、ん、んんっ……」

あわせた唇のあいだから、弾んだ息がひめやかに漏れる。東桜路は灯里の尻を摑んで左右にひらき、両手の指を使って孔を可愛がった。

「発情期でなくとも愛液はたっぷり出るね。こうして指を二本入れて、中を広げても大丈夫そうだ」

「——ッ、そ、それだめっ……、は、……ンッ……んんっ」

左右の人差し指が、鉗子(かんし)のように動いて灯里の孔を大きくひらく。奥を拡張したまま指先で蜜壁を抉られ、きゅうきゅうと腹の中がうごめいた。強い刺激に愛液がとめどなく溢れ、東桜路の両手をべたべたにしている。

「たくさん気持ちよくなってる顔をしている。灯里のお尻は広げられるのが好きだものな」

「ち、ちがいます……っ、あッ、やぁっ、……ん——、ぅ、ンッ」

「好きだろう？　私を受け入れるといつも声が甘くなるんだ。気持ちよくて我慢できなくなって、何度も達く」

「……んっ、ふ、ぁっ、だって、あっ、……ン、……っ、ふ、……ぅッ」

からかうように何度も灯里の弱いところを攻めてくる東桜路に抗議したくても、声をあげかけるとキスされて、とろんと思考が拡散してしまう。

東桜路はくぱくぱと孔を開け閉めさせながら、熱に潤んだ灯里の目を見つめてきた。

「今日はこの中に出したい。妊娠の心配はないだろう？」

「……、――はい」

やはり、雄としては体外での射精よりも、中で出すほうが満足感があるのだろう。発情期中は我慢を強いたのだと思うと改めて申し訳なく、同時にまた寂しくなった。

(貴臣さん、僕との子供はほしくないんだ)

家族だと言ってくれても、セックスするくらい欲情してくれても、子供はいらないのだ。

そういう意味では、灯里は妻として彼には認められていない。

最初から東桜路の態度は一貫しているのに、一喜一憂する自分のほうがおかしいのだと、灯里は自分をいさめた。

(でもせめて……抱いてもらえるなら、貴臣さんに満足してほしい)

灯里はまばたいて東桜路を見つめ返した。

「今日は、たくさん出してください。貴臣さんの好きなだけ……ほら、家族ですから。困ったときはお互い様、ですよね」

「——ああ。ありがとう」

一瞬だけ複雑な表情をして、東桜路は目を伏せた。

ぐいと灯里の身体を持ち上げ、鋭角にそそり勃った雄を孔に押しつける。

「……っ、あ、……く、ぅ！」

ずぷりと下から串刺しにされ、灯里は大きく震えた。この体位では自分が動かなければとわかっているのに、くっきり感じる東桜路の分身のたくましさに、へなへなと力が抜けていく。

「あっ……、は、……んッ」

「灯里は無理に動かなくていい。私が揺するから……口を開けて。キスする」

「ん、はいっ……、んんっ、ぅ……っ」

せわしなく唇を塞いでくれる東桜路の首筋に腕を回す。灯里が抱きつくのを待って、東桜路は灯里のウエストを摑んで上下させはじめた。

「——ッ、ん、くっ……はッ、ん……っ、は、う……っ」

強く揺さぶられるせいで、灯里の長い耳が大きく弾む。衝撃で離れてしまう唇を夢中で追いかけながら、灯里はぐちゅぐちゅと穿つ東桜路を受けとめた。

（ッ……すごいっ……前より、深い……っ）

目を閉じてしまってもまぶたの奥がちかちかするくらい、気持ちいい。しゃがみこむような格好で受け入れているからか、東桜路の切っ先が奥まで届いていて、初めてのそこを穿たれると、びんびんと快感が響いた。

すぐにでも達ってしまいそうで、無意識に身体を強張らせると、東桜路が「灯里」と咎める声で呼んだ。

「気持ちいいなら我慢しないで達きなさい。達っているところを突かれるのも、きみは好きだからね」

「そ、そんなっ……、アッ、……、ん、く、……っ」

「達くんだ。蕩けて、遠慮なんかなくなってしまうくらい感じて、一番いやらしい顔を見せてごらん」

「……っ、あ、……う、……っ、……ッ」

ずぷんと深く穿たれて、灯里は愛液を撒き散らして達った。達きながら、仕方ないとわかっていても涙がこぼれる。

(いやらしいって……貴臣さんには、僕は、いやらしい存在なんだ)

発情期じゃないのにこんなに感じてしまっているのだから、彼にそう言われるのも当然だ。あっけなく達って、達ったのにまだぞくぞくした快感は少しも薄まっていない。

涙をこぼす灯里に、東桜路はぎっと歯を鳴らした。まるで苛立ったかのように、さらに激しく灯里を揺さぶってくる。

「――ッ、ひ……あっ、……あ、……っ、ん、んんん……ッ」

あっというまに二度目の絶頂に追い上げられ、仰け反って震える。痺れて膨張したように感じる腹の奥に、東桜路の太いものが突きささり、そこでいったん動きをとめた。

「……、ぁ、……、ひ……」

ゆっくりと東桜路がピストンするのにあわせ、どくどくと精液が溢れてくる。数回ピストンしても射精はとまらず、しとどに灯里の奥を濡らした。

ぼんやり遠くなっていく意識の中で、こんなに出るんだ、と考える。アルファは精液の量がすごいって、そういえば保健の授業で習ったっけ。より確実に相手を孕ませるためだ。

東桜路のものも、まだ出ている。灯里のおなかがいっぱいになってしまいそうなほどたくさん注がれて、けれどそれは、虚しく流れ出ていくだけなのだ。

実を結ぶことなく自分から去っていく彼の体液を思うと、また一筋、涙が頰を伝った。


「へえ、じゃあ珠空くんが保育園通えるようになるまでは、ずーっと家にいてくれたんだ、旦那さん」

「はい。研究するのがお仕事なので、出勤しなくてもできることも多いからって……でも、ずいぶん無理してくださったんだと思います」

夏本番の日差しが差し込むリビングのほうを向いて、灯里は真美と一緒にキッチンに立っていた。

キャンプのときに約束したものの、あのあと、灯里が熱を出して寝込んでしまったせいで、真美が来てくれるまで十日以上もあいてしまった。

そのあいだに珠空は保育園に通えるようになり、それにあわせて東桜路も、研究所に出勤するようになった。

広い家で、灯里は昼間ひとりで過ごす。ずっと寮生活だったから、物心ついて以来ひとりで過ごす時間のほうが少なかった灯里にとっては、予想以上に寂しい時間だった。ひかるがときどき連絡をくれるものの、子育てで忙しい彼をわずらわせるのも申し訳なくて、いつも手短にすませる。それでも話しているときは気がまぎれてありがたいけれど、終わってしまうと余計に寂しさを感じたりする。

今日真美が訪ねてきてくれたのは、だから、とても嬉しかった。

真美は豆腐にきざんだじゃこと人参、つなぎの片栗粉(かたくりこ)を混ぜたものを丸くまとめつつ、にんまり笑って灯里を見た。

「灯里さんて旦那さんのこと大好きでしょ。寂しいって顔に書いてある」

「か、顔……出てます？」

ぽっと赤くなって、灯里は俯いた。手だけは休まずに、真美のまとめたタネに片栗粉をまぶしていく。

「結婚してから、珠空も貴臣さんも家にずっといる生活だったから、まだひとりに慣れなくて……今日は真美さんが来てくださって、ほっとしてます」

「もー、可愛い若奥さんね！　あたしなんか旦那が毎日家にいたらキレちゃうわ」

「真美さんだって、旦那さんとは仲がいいじゃないですか」

「旦那があたしのこと大好きなのよ」

色っぽい流し目をしてみせて、それから真美は「なーんてね」とごまかして、灯里の背中を叩いた。

「で、このあとは？　これを揚げるの？」

「はい。家で食べるときはお醬油(しょうゆ)かポン酢でしょうがと食べるとおいしいですが、お弁当用なら、前の日に作っておいて、砂糖と醬油とお酒でかるく煮るとおいしいです」

「手作りがんもなんて、考えたこともなかったけど、そんなに難しくないのね」

「普通のがんもと違って水切りしないので、すぐできますよね。片栗粉をつけるので、表面はカリッとしますけど、中はふわふわだから、じゃこの固さも小さい子でもあんまり気にしないで食べてくれると思いますよ」

「小魚も野菜も食べてほしいもん、ぴったりよね。よし、じゃあ揚げるの頑張るわ」

「お願いします」

揚げるのは任せて、真美の手元を見守る。真美はなかなか豪快な手つきで油に豆腐ダネを投入し、休まずにおしゃべりを続けた。

「こないだ教えてもらった長芋のお肉巻き、よかったわー。あとカレーマヨ味の野菜炒め！　細長く切ったら食べないかなと思ったら、繊維を断つ切り方がよかったみたいで、タカトも食べてくれたの」

「わあ、よかったです！　あ、このくらいのうすいきつね色くらいで揚がってますから、出してください ね」

「オッケー。かぼちゃのコロッケもおいしかったー。バター味なの、冷めてもおいしいし、お弁当にもぴったりで。灯里さん、料理上手で教えるのも上手だから、お教室やったら流行りそう」

「料理教室は、考えたことなかったです」

こっちも大丈夫ですよ、と指し示しつつ、灯里は嬉しくて笑った。

「でも、以前はお弁当屋さんをやるのが夢だったから、料理を褒めてもらえるのはすっごく嬉しいです」

「あらいいじゃないお弁当屋さん。あたしなら料理教室より、手作りのお惣菜とかお弁当とか買えるお店のほうが嬉しいわ、通っちゃう」

真美はぱっと目を輝かせた。

「そのお店、実現させる気はないの？　あたしは近々また働くつもりだから、灯里さんがお弁当屋さんやってくれたらすっごく助かっちゃう」

「そう……ですね……。以前はやりたかったんですけど、今は、家族のために作れるので、それで満足してるから。真美さんの手助けができなくて申し訳ないですけど」

「やだ、それはいいのよ、あたしのわがままだもん、気にしないで。でもそっかあ、灯里さんも働きたいとかないタイプなのね」

あたしも仕事が大好きってわけじゃないんだけどね、と真美は肩を竦めた。

「子供がもうひとりほしいから、働きながらバランスとって子育てできたらいいなと思ってるんだよね。旦那はあと二人はほしいって言うんだけど、実際産んで育ててみると大変じゃない？　子供が多いのがあたしも夢だったし、女の子もほしいなって思ってるから、あと一回は産むつもりだけど、六人家族は現実的に考えると、難しいかなあって」

なかなか思い描いてた夢のとおりってわけにはいかないよね、と真美は言い、灯里もしみじみと頷いた。

なにも知らない頃に思い描いていた将来の夢は、実際叶えるのはなかなか難しい。

家族ができて、お弁当も作ってあげられるけれど、初恋は叶いそうにもない、だなんて、想像の範疇にはなかったことだ。

これからのことだって、と灯里は思う。

（将来のこと、貴臣さんはどう考えてるんだろう）

キャンプのあのとき以来、東桜路とはセックスしていない。どころか、耳を撫でてくれることもなくなった。義務のように毎晩同じ寝室で寝ていても、今度は彼のほうが、灯里とは逆側に身体を離していた。

キングサイズの贅沢なベッドの、左端と右端。真ん中のわずかな距離の何倍も、心の距離が離れてしまった気がする。

灯里なりに頑張ったつもりだったけれど、あの夜の行為が、東桜路には満足できない内容だったのかもしれない。寝込んだ灯里を気遣ってくれたのかもしれないが、それだけなら、耳くらいは撫でてくれてもいいはずだ。

相変わらず優しい態度だから、嫌われてはいないと思うが、夜の相手としては不合格なのだろうと、灯里は感じていた。

だとしたら、この結婚生活は、いつまで続くのだろう。珠空のためだけの関係だから、彼が成人したら離婚することになるのだろうか。十五年から十七年のあいだに、東桜路自身が子供をもうけたいと思える相手が現れないとも限らない。心から愛する人ができたら、珠空の成人前だって、その人と結婚したくなるのではないか。

いずれにしても、生涯東桜路と添い遂げることはできない気がしていた。

彼と別れると考えると、胸が潰れそうになる。

「灯里さんは？」

いまだに指輪のない左手を見つめたところで真美に声をかけられ、はっとして見る。自家製がんもは全部揚げ終わっていた。

「ごめんなさい、ちょっとぼーっとしてました。お迎えの時間まで、お茶でも飲みましょうか」

「ありがと。灯里さんは子供、もっとほしくないのって聞いたんだ。灯里さん子供好きじゃない？」

「そうですね……子供は、大好きです」

アッサムの茶葉を用意しながら、灯里は意識して微笑んだ。

「できたら、ひとりくらいは、産んでみたいなって思ったりもしますけど」

「旦那さんも子供好きそうだから、よかったね」

ダイニングの椅子に腰掛けつつ、真美はまぶしそうに目を細めた。

「アルファとオメガのご夫婦ってやっぱり特別だなって思っちゃう。キャンプのときの旦那さんってば、灯里さんが可愛くて仕方ないって顔してたもの」

「そ、そうですか……？」

そんなことないです、と言うのもはばかられて、灯里は困って首を傾げた。そうよ、と真美は大きく頷く。

「すごく素敵だなって思ったから、友達になりたいって思ったんだもの。もちろん灯里さんにお料理教わりたいのもあったけど、あたしだって仲良くなりたくない相手に、こんなにいろんな話はしないわよ。せっかくご近所さんなんだし、レシピのお礼も兼ねて、なにかあったらいつでも相談してね」

「ありがとうございます」

真美はオープンで明るいところが、ひかるに似ている。踏み込んだ話題も心を許してくれているからだとわかるから、話していると楽しかった。

簡単なパスタで遅めの昼食をのんびりすませたあとは、十六時のお迎え時間までお茶とおしゃべりを楽しんで、真美と連れ立って保育園に向かう。同じ地区に住んでいる真美も、珠空と同じ保育園にタカトを通わせていたのだった。

帽子は、真美も一緒だからと、思いきってかぶらずに出た。東桜路に「かぶらないほうがいい」と言われたものの、今までの習慣を変えるのは怯（おび）えもあって、今朝も珠空を送るときにはつい麦わら帽子をかぶってしまった。

これが初めての、帽子なしの外出だ。目立つかと心配したものの、真美と一緒にいるおかげか、以前のようにあからさまに奇異の目で見られることはなかった。

お迎えで賑やかな保育園につくと、珠空が真っ先にこちらを見つけて走ってきた。ぴょん、と飛びつくのを抱き上げると、満面の笑みを浮かべる。

「とーり、おみみ、げんきなの！」

「げんき？」

「ぴょこぴょこしてるー！　ないない、してないの！」

きゃあっと笑って耳を摑んだ珠空はさっそく甘噛みをはじめ、その嬉しそうな表情に、灯里はくすぐったくなった。

以前に帽子は嫌いと言われたけれど、それ以降の外出中、灯里が帽子をかぶっていても、珠空が拗ねたりいやがったりしたことはなかった。かぶっていないだけでこれほど喜ばれるとは。

横にいた真美がくすくす笑った。

「珠空くんって可愛いよね。お母さん大好きって感じ」

「タカトくんも、真美さんのこと大好きじゃないですか」

からかう口調に照れてかるく睨むと、真美は姉のようにぽんぽんと肩を叩いてくれる。

「照れなくてもいいじゃない。男の子ってママが好きなものよ。あーあ、灯里さんの耳、よだれでべたべたね」

いつにも増して激しい甘噛みで、たしかに耳はよだれまみれだ。微笑ましそうな顔をした真美はタカトを見つけて手をつなぎ、ついで知り合いを見つけたらしく、声をあげた。

「ことちゃーん！　こないだ言ってたかぼちゃコロッケ、教えてくれたのこの人なの。東桜路灯里さん」

「わあ、そうなんだ。こんにちは、蔵島(くらしま)です」

お辞儀してくれたのはふわふわの髪が優しげな女性で、つられたように数人、お母さんたちが集まってくる。真美さんにお料理教えてくれた人だって、と言う蔵島に、感嘆の声があがる。真美は得意げに胸を張った。

「今日も手作りがんもを教えてもらってきたんだ。今度、うちで久しぶりに持ち寄り会しない？　灯里さんにおいしいごはん作ってきてもらおうよ」

「えっ……僕も、参加してもいいんですか？」

驚いて目を見ひらくと、真美は「当たり前じゃない」と肩を叩いて、それから顔を近づけた。

「昼間、ひとりだと寂しいんでしょ？　よかったら気晴らしに来て」

「――ありがとうございます」

こそっと囁いてくれる彼女の優しさが胸に染みた。

「せっかくだから、皆さんの食べたいもののリクエストがあれば、それにします」

「えー、なんだろ、パーティっぽいメニューがいいかな。普段食べないようなやつ！」

「いいかもね。あとは子供が食べられないのとか」

「たまには大人味食べたいよね」

盛り上がるお母さんたちは誰ひとり、うさぎ耳を気にする様子もない。珠空が狼の半獣で、灯里と似ていないのはすぐにわかるはずなのに、一瞬目を奪われることさえなかった。代わりに、可愛いね、と微笑まれる。

「珠空くん、ずーっと尻尾振ってる」

名前を出されて萎縮するかと思えた珠空は、灯里の耳から口を離すと、可愛いと言ってくれたお母さんのほうを見た。

「あのね。たからね、とーりがだいすきなの」

「そっか、大好きなのね。よかったねえ」

「とーりも、たからがだいすきだから、いいこいいこいっぱいするんだよー」

「珠空くんがおりこうさんだからだね」

「うん」

こっくり頷いて、珠空はぎゅっと灯里にしがみついた。機嫌がいい証拠に尻尾はまだふりふりと動いていて、あんなに人見知りだったのに、と灯里は感動してしまった。

よその人とちゃんと会話ができるなんてすごい。

珠空は少しずつ前に進んで、成長していっているのだ。

ちょっぴり涙ぐんだ灯里の背中を、真美が撫でてくれた。

「さ、たむろしてたら怒られちゃうわ、帰りましょ。また明日ね」

「はい」

「灯里さん、連絡先交換しましょう」

「ぜひ、お願いします」

急いで携帯端末を取り出すと、蔵島がうっとりした目を向けてくる。

「五月の末くらいに、灯里さん初めて珠空くんを連れて登園したでしょう？　見かけて、すごく綺麗な人だなあって思ってたから、こんなふうに話せるようになるなんて嬉しいわ」

「あ……あのとき、もしかして挨拶しました？」

最初はいっぱいいっぱいだったせいか、誰と挨拶したか記憶が曖昧だ。うん、と頷いた彼女は、横の別のお母さんと顔を見あわせた。

「みんなでちょっと盛り上がったのよね。素敵な人ねって」

「そうそう。なんだか初々しくって、目をひかれちゃって。あ、もちろん悪い意味じゃないからね」

同意したもうひとりのお母さんも、灯里に向かってにこっとしてくれた。

「ランチ会、楽しみにしてるね」

「——はい！」

ふわふわと幸せな気持ちでお母さんたちと連絡先を交換して別れ、珠空を降ろすと、濡れた耳がすうすうした。全然不快ではなく、むしろ爽快な気分だった。

ぴるっ、と耳ごと頭を振って、珠空と手をつなぐ。

「おうち、帰ろっか」

「はぁい」

元気のいい返事をした珠空の頭でも、三角耳が楽しそうに動いていた。

似ていない耳の二人でも、手をつないで仲よく歩けるのは勲章だ。家族なんだ、と思えば、視線だって気にならない。

夏の夕方はまだ昼間の明るさで、風が心地よかった。買い物をすませて家に戻り、帰りの遅い東桜路を待たずに珠空と夕食を食べ、寝かしつけたあと、灯里はもう一度キッチンに立った。

お母さん友達が送ってくれたリクエストをいろいろ見ているうちに思い出したものがあって、久しぶりに作りたくなったのだ。

薄力粉に強力粉を少し混ぜて、そこに砂糖と塩を加える。フードプロセッサーで一度攪拌（かくはん）したら、バターと卵を入れてさらに攪拌し、最後に牛乳も加えてなめらかにする。

作業の途中で東桜路が帰ってきて、興味深そうに見つめてきた。

「それは、なにを作ってるんだ？」

「キッシュの生地です。すみません、ごはん、すぐあたためますね」

「手が離せないだろう？　自分でやるよ」

「あとはまとめて休ませるだけなんですけど……でも、ありがとうございます」

こちらの返事を待たずにキッチンに入ってきて、電子レンジにおかずの皿を入れる東桜路に、えも言われぬ懐かしさを感じた。

初めて会ったときから、東桜路といるとときどき感じる、あたたかい懐かしさ。それは錯覚にすぎないのに、ずっと以前から、二人でこうして暮らしてきたような気分になる。

こういう気分こそが、「家族」なのかもしれない。

幸せな気持ちでフードプロセッサーから取り出した生地を丸くまとめ、ラップに包んで冷蔵庫にしまい、食卓についた東桜路の向かいに座った。

「今日、真美さんが来てくれて、保育園のお迎えも一緒に行ったんですけど、彼女がお友達に僕を紹介してくれて、今度、みんなで真美さんのお家でランチ会をすることになったんです。料理を作って持ち寄るそうで」

「楽しそうじゃないか」

「はい。……それで、リクエストを皆さんから聞いていたら、思い出したことがあって、久しぶりにキッシュを焼きたくなったので、明日の朝はキッシュにしますね」

「キッシュか……聞いたことはあるが、いまいちよくわからないな」

自家製がんもを口に運びつつ、東桜路がうーんと唸った。

「生地の上に、野菜やきのこやベーコンなんかを刻んで入れた卵液を流して焼いた、食事用のパイですね。たぶん、食べたら『これか』ってなると思います」

「聞くかぎり、作るのが面倒そうだが……さっきのはその生地？」

「はい」

「きみは本当に料理が好きなんだな」

「おいしそうに食べてもらえると嬉しいですから。それに、キッシュの生地も、そんなに面倒じゃないんですよ。寝かせないといけないので、その時間はかかりますが、手順自体は簡単です。……でも、初めて作ったときに僕、失敗したんです」

「きみが？」

「小学生の、料理をはじめてまもない頃で、どうしても凝ったものにチャレンジしたくって。でも、生地をこねすぎちゃって、味つけも焼き加減もうまくいかなくて……微妙な出来上がりで。でも、園長先生と、一番仲良しの友達はおいしいって食べてくれました」

背伸びして失敗してしまったのが悔しくて、灯里はだいぶ落ち込んでいた。でも、園長先生とひかるは優しかった。

「灯里が心をこめて作ってくれたからちゃんとおいしいし、今回失敗しても、次は絶対上手に作れるよって。灯里が思うほど、失敗は失敗じゃないんだよって言われて、それから料理を失敗するのが怖くなくなったんです。一回失敗しても、次があるんだしって」

「いい先生と友人だね」

東桜路が目を細めて頷いてくれる。はい、と灯里も頷いた。

「今日、帽子、かぶらないで保育園のお迎えに行ったけど、誰も変な目で見なかったし、珠空と種類が違うとかも言われませんでした。大人だから、変に思っても口に出さなかっただけかもしれないけど――でも、口に出さないのは、優しさですよね。僕が思うよりずっと、みんな優しいんだなって思って。だから、貴臣さんにはお礼を言わなくちゃって思ってました」

「私はなにもしてないよ」

「気にしなくていいって言ってくれました。――園長先生と、親友みたいに……貴臣さんも、僕にとっては素敵な、大切な人に、なりました」

珠空と家族になれたのも、耳を隠さずに外を歩く開放感も、東桜路がくれたものだ。彼にとっては義務感だけの結婚でも、灯里を幸せにしてくれたのだ。

だから、せめてお礼が言いたかった。大好きです、と告白はできなくても。

灯里は思いを込めて、東桜路の端正な顔を見つめた。

「貴臣さん。……ありがとう、ございます」

「――それは光栄だな」

微笑んで、東桜路は視線を逸らした。まるで逃げるかのように「ごちそうさま」と告げて、席を立つ。

「仕事が溜まっていてね。灯里は先に寝なさい。しばらく、家にいても書斎にこもりきりになるが、なにかあったらいつでも声をかけてくれ」

そそくさと向けられた背中は、やんわりと拒んでいるかのようだった。東桜路は灯里になにか言われるのを恐れるように、早足で出ていってしまった。

ぽつんとひとり残されて、灯里は浮かべたままだった笑みが消えていくのを感じた。

話をするのもいやだっただろうか。

それとも、大切だなんて、告白みたいなことを言ったのが、うっとうしく感じただろうか。

灯里の気持ちが東桜路に向かって大きくなっていくのに反比例して、彼のほうは少しずつ距離を取りたがっているように思える。

「もしかしたら、最初の二か月は、珠空だけじゃなくて、僕も環境に慣れられるようにって、考えてくれていたのかも」

がっかりしそうな自分を、灯里はひとりごちていさめた。

東桜路のせいじゃない。灯里の心が変わっただけで、想いが通じないのは誰のせいでもない。

でも。

灯里は自分の下腹を押さえた。次の発情期までは、あと二か月ほどだろうか。また間隔があくといい。だって、次に発情を迎えたら、前回よりも強く、彼の子供がほしい、と感じてしまうだろうから。

子供だけでも産ませてもらえないかな、と考えて、すぐに打ち消した。

東桜路はそういう状況を好まないだろう。子供には幸せな家庭が必要だよとたしなめられるのが容易に想像できて、寂しい寒さが襲ってくる。

東桜路に愛されず、子供も作れないなら——灯里にはきっと一生、縁がない。人間としては周囲に忌避(きひ)されない存在になれても、家庭を築くパートナーとしては、半獣オメガが不利なことにかわりはなかった。キャンプでの一度のセックスで熱を出して寝込むようでは、オメガの役割を果たせない。

いずれ彼と別れる日が来たら、次に自分を愛してくれる人が現れるとは、とても思えなかった。


八月になると夜も蒸し暑く、暑さが苦手な灯里はだんだんと食欲が落ちてきていた。ビタミン剤や栄養剤に頼ってなんとかもっているものの、気を抜いたら寝込んでしまいそうで、早く夏が終わればいいなとそればかり思う。

空調を入れていても不快感があるのか、めずらしく珠空の寝つきも悪くて、灯里は疲れた身体を叱咤しつつ、再度キッチンに立った。明日は珠空と動物園に行く約束で、お弁当を作るつもりだった。

そこへ、東桜路が顔を出す。

「灯里、ちょっと座りなさい」

「――はい」

真面目な東桜路の表情にどきっとして、灯里はつけ直したばかりのエプロンを外した。ダイニングで彼の向かいに座ると、東桜路は茶色い封筒を差し出した。

「中を見てごらん」

「――？　はい」

一瞬、離婚届だろうか、と思ってしまい、おそるおそる開封すると、中は間取りが印刷された、不動産賃貸の書類だった。

「これは……？」

「ここからそう遠くない物件なんだ。駅前の商店街からは外れているが、住宅街から駅に行くのに人通りは充分あるところだ。広さが適当かどうか私には判断しかねるが――弁当の店としてなら、狭すぎることはないと思うよ」

静かに言われ、はっとして顔を上げると、東桜路は励ますように頷いた。

「灯里の夢だったんだろう？　物件は私が借りるから、その夢を叶えたらいい。灯里は本当に料理好きだから、私と珠空の分だけでは腕をふるい足りないだろう」

「……僕は、足りないだなんて思っていません」

「灯里ならそう言ってくれるだろうと思ったが、我慢することはないんだ」

微笑されると、灯里はなにも言えなかった。我慢なんてしていないのに。珠空と東桜路が喜んでくれれば自分は幸せなのに——それが、東桜路には伝わっていない。

彼は、灯里がもう東桜路を好きになっているだなんて、考えたこともないのだろう。

東桜路自身が、灯里に特別な好意がないから、思い至らないのだ。

改めて見た間取りは、店舗と厨房が半々程度に区切られていて、こぢんまりとして使い勝手がよさそうだった。

「もともとは喫茶店だったらしいが、イートインで使うには狭くて辞めてしまったらしい。客の入りは悪くなかったそうだから、いいんじゃないかな」

黙っていると灯里が迷っていると思ったのか、東桜路は丁寧に説明してくれた。

「突然好いてもいない相手と結婚することになって、きみには苦労も迷惑もかけている。だからせめて、夢だけは諦めずに頑張ってもらいたい」

東桜路が灯里のことを考えて探してくれたのが、痛いほど伝わってきた。優しい気遣いに、灯里は寂しさを押し隠した。

「ありがとうございます。……嬉しいです」

「もし気に入らないようなら、ほかの物件も探してみるが、どうする？」

「気に入らないなんてとんでもないです。すごく使い勝手がよさそうだなって思いました。僕ひとりでお弁当を売るなら、広すぎると困ると思うので」

「それならよかった。この物件ならすぐにでも借りられるよ。不動産会社とも、施工会社とも打ち合わせて、改装も好きなようにするといい。なんなら明日契約してきてもいい」

「明日は珠空と動物園の約束ですよ。……もう少し、珠空が保育園に慣れて、心配がなくなってからにします」

そうは言ったが、珠空は先月通いはじめてから、問題なく通園できている。すぐにでも、と言ってもらえたのに素直に頷けない自分に気づいて、灯里は目を伏せた。

東桜路は気づかずに、機嫌のいい様子だった。

「では、仮押さえだけしておこう。はじめたくなったときに借りられていたのでは意味がないからね」

「そんな……でも」

「いいんだ。灯里が普段私たちに尽くしてくれることを考えたら、礼としては足りないくらいだよ」

東桜路は穏やかに言う。

「前々から、灯里にはなにかしてやらなければと思っていた。喜んでもらえればそれでいい」

「――ありがとうございます。夢みたいで、嬉しいです」

ずきん、と痛むのを無視して、灯里も微笑んだ。それじゃあおやすみ、と去っていく東桜路を見送って、キッチンに戻る。

（お弁当は、チキン南蛮と……あと、なにを入れるつもりだったんだっけ）

昔から夢見ていたお弁当屋さんができることになったのに、ちっとも心が弾まない。結局、あれは二番目の夢だったのだ。一番の夢が叶わないと知っていたからこそ望んだ未来で、今は――仮にも結婚してしまったせいで、叶わないはずの夢を叶えたくなっている。

自分の家族を持つこと。

愛しあう人と暮らすこと。子供を産んで、たくさん可愛がって、幸せな家庭を築くこと。

――東桜路と、愛しあうこと。

エプロンの上から、灯里は下腹を押さえた。

（一度だけ、ねだってみようか）

いずれ東桜路から別れを切り出される日が来るなら、お店をやらせてもらって経験を積めるのはありがたい。もしかしたら東桜路も、灯里が将来ひとりでも生活していけるようにと考えてくれたのかもしれなかった。

でも、灯里にはもう、「ひとり」は耐えられそうにない。

この結婚の礼をしてくれると言うなら、一度だけ、発情期のあいだにきちんと抱いてもらいたい。精子をもらって妊娠して、自分の子供を産めたら――ひとりにならなくてすむ。

東桜路は渋るだろうけれど、絶対に迷惑はかけないし、ひとりでちゃんと育てるからと約束して、お願いしますと頭を下げたら。

「――だめ、だろうな……」

押さえた下腹部が、東桜路の硬さを思い出して熱く疼き、灯里はため息をついた。

オメガの発情フェロモンにあてられても、東桜路は決して灯里を乱暴には扱わなかった。本能にさからって避妊具をつけ、妊娠しないように注意を払ってくれたのだ。理性的で誠実な人。産みたいとせがんでも、彼が本能に負けたり、ほだされて子種を恵んでくれたりするとは思えない。

早ければ、来月にはまた発情期が来てしまうのに。

にぶく疼き続ける下腹を撫でて、灯里は引き出しを開けた。

今日から、抑制剤はまた四回にしよう。東桜路に気づかれないように、薬の置き場所は変えて、次に病院に行ったときにはまた強いものに変えてもらおう。

もう二度と発情期なんて来てほしくなかった。この先必要ないならば、性欲なんてあるだけ無駄だ。

翌日はじっとりと暑い陽気で、珠空は張りきって動物園に出かけたものの、あまりの気温の高さに途中でばててしまった。

昼すぎに諦めて切り上げ、東桜路の運転で家に戻ると、玄関の前には見知らぬ女性が腕を組んで立っていた。東桜路がぎょっとした顔になる。

「なにしてるんですか、母さん」

お母さん？　と灯里もびっくりしてしまった。つばの広い帽子にサングラスをかけた女性はすらりとして若々しく、東桜路の母親の年代にはとても見えない。だが、心外そうに顎を上げた顔は、東桜路に口元がよく似ていた。華やかに発散されるオーラと美しい容姿は、明らかにアルファだ。

「なにしてるんですかはこっちのセリフでしょう。なによ、メールも電話もしたのに、出ないじゃないのあなた。電源切りっぱなしにするのやめなさいよね。今日行くって朝から何回連絡したと思ってるの」

「休日は電源を切ることにしてるんです。……まさか、ずっとここで待ってたんですか？」

「バカねえ、駅前の喫茶店で休んでたわよ。そろそろかしらと思ってこうして来てみたら、ちょうど貴臣も帰ってきたってわけ。母親の勘ってバカにならないでしょ」

ふふん、と笑った女性——東桜路の母親は、そこでようやく灯里を見た。灯里と、手をつないだ珠空とを見比べ、首を傾げる。

「どなた？　珠空が懐くなんて珍しいじゃない」

「あ……僕は」

名乗っていいものか迷って東桜路を見ると、彼はため息をついた。

「妻の灯里です」

「へえ、灯里くん。……って、妻!?」

しゃがんで珠空に両手を差し伸べかけていた母親は、がばっと東桜路を振り仰いだ。

「貴臣、結婚したの!?」

「しました。大きい声を出さないでください、珠空がびっくりするでしょう。それとサングラス。怖がっているので外してやってください」

「あらやだごめんね珠空」

彼女がサングラスを外すと、目も東桜路によく似ていた。疲れもあってか身を固くしていた珠空は、小さく「ばーば」と呟く。

「ばーばだ」

「そうよう、喜美子(きみこ)ばーばよ。こんにちは珠空」

とと、と歩み寄った珠空を抱き上げた東桜路の母親は、今度はまじまじと灯里を見てくる。灯里は頭を下げた。

「初めまして。灯里と申します」

お辞儀にあわせてうさぎ耳が揺れ、なにを言われるかと緊張した。東桜路の母親は美しい分迫力があって、ちょっと怖い。緊張しつつ視線を上げると、彼女はさらに顔を近づけてきた。

「……っ、あ、あの……お、お義母様？」

「いやだわ、可愛いじゃない」

「――、えっ？」

唸るような低い声で言われた内容が咄嗟に理解できず、まばたきして見つめ返す。彼女はなおも凝視してきて、東桜路を振り返った。

「可愛いじゃないの！」

「……だから、大声を出すのはやめてください」

東桜路は疲れた様子でため息をつくが、母親のほうはおかまいなしだった。

「あんたって子はもう、どうして大切なことをすぐに言わないのかしら。進学のことも初めての彼女も就職のことも、賞を取ったこともこっちに戻ってくるのも、なんで事前に一言言うってことができないの」

「女性とつきあうのを事前に言うのは不可能でしょう」

「屁理屈こねないの！　結婚は事前に言えるでしょ！　しかもこんなに可愛いお嫁さんなら、先に言わなきゃだめじゃないの！」

「急だったので、報告する暇がなかったんです。――どうぞ、入ってください。玄関先じゃ珠空の具合が悪くなってしまう」

ドアを開けた東桜路に、わたしの具合も悪くなりそうよ、と言いつつ、母親は家の中に入っていく。灯里は急いであとを追いかけた。

「すみません……あの、座ってください。すぐ冷たい飲み物をご用意しますね。珠空、おいで。おてて洗おうね」

「はぁい」

祖母の腕から下ろされた珠空は、促すと自分で洗面所に行って手を洗いはじめた。タオルだけ用意してやり、キッチンに戻って麦茶をグラスに注ぐ。

「先にこちらをどうぞ。アイスコーヒーとアイスティー、どちらがいいですか？」

「麦茶だけでいいわ。あなたも座りなさいな。灯里くんだっけ。わたしは喜美子っていうの、よろしくね」

名乗ってくれた彼女は自分の隣を叩く。横に座れということらしい。逡巡（しゅんじゅん）しつつもそこに腰掛けると、駆け戻ってきた珠空が、灯里の膝の上に乗った。いつものように灯里の頭に手を回し、うさぎ耳を口に咥える。喜美子は懐かしそうに口元をほころばせた。

「やっぱり半獣の子はするわよね。貴良もよくやってたわ」

「貴良さん？」

「弟だ」

向かいの定位置に座った東桜路が口を挟んで、珠空の父親のことだとわかった。喜美子は甘嚙みをやめない珠空の頭を撫でる。

「貴臣の耳も嚙もうとしてたのよ、貴良は。甘えっ子でね……名前がたからとも読めるからって、この子の名前は珠空にしたって言ってたけど、甘えんぼなところもそっくり」

「記憶にないな、私は」

「貴臣ってば、本に夢中で気がつかなかったんじゃないの」

呆れた視線を息子に投げかけ、喜美子は珠空ごと、灯里を抱き寄せた。

「あんたは子供の頃からさっぱり周りに注意を払わなくって、弟に懐かれても気づかないし、本を読んだまま階段から落ちたりしてたのよ。こんなにぶい子で大丈夫かしらと思ってたら、案の定結婚もしないで菌だかきのこだかよくわかんない研究一筋で」

「菌糸類を原料とした新薬の研究です」

「……その研究ばっかりで、こんな変わり者じゃ一生孫の顔は見られないわねと思ってたのに、まさかこんな可愛いお嫁さんが来てくれるなんて、人生なにがあるかわからないわ」

喜美子は今度は幸せそうに灯里を眺めた。

「貴臣は変なとこだけわたしに似たのね。面食いだなんて知らなかったわ……灯里くん、すごく可愛いもの」

「か……可愛い、でしょうか……」

先日保育園でもお母さん友達に似たようなことを言われた。でも、ここに嫁いでくるまでは言われたことがない。褒められるのはいつも一緒にいるひかるのほうで、灯里は半獣だから目立っていたものの、珍しいねと言われることはあっても、可愛いなんて言う人はいなかった。

喜美子は「可愛いわよ～」と頬を染めた。

「垂れ耳なのがまた可愛いわ。よく似合ってるもの」

似合うなんて言われたのも初めてだ。半獣の印に似合うもなにもないのでは、と思ったが、素敵よ、と褒めてくれる喜美子に他意はなさそうで、どうやら本気でそう思っているらしかった。

「珠空もすっかり気に入ってるじゃない」

「と一りのおみみね、やわらかくって、もぐもぐ、きもち一なの」

「あらそうなの。でも強く噛んじゃだめよ？　怪我しちゃうから」

「……とーり、いたいいたい？」

　珠空は慌てて手と口を離した。不安そうな表情に「大丈夫だよ」と言ってやると、ほっとした顔になって、噛んでいたところを撫でてくれた。

「いいこいいこ」

「……はあ、可愛いわねえ。孫も嫁も可愛いわ。二乗で無限大ね」

　感嘆のため息をついた喜美子に再び抱きしめられ、珠空は恥ずかしそうに笑い声をあげた。灯里も赤くなって俯く。

　一見怖そうにも見える喜美子に、こんなふうに歓迎されるとは思いもよらなかった。抱き寄せられた彼女の身体からは優しい香りがして、華奢で痩せているのにふんわりとやわらかい。喜美子は灯里の顔色に気づくと、ふふっと笑った。

「照れてるの？　もしかして、貴臣はあなたのこと全然褒めないのかしら」

「い、いえ。ちゃんと褒めてくれます」

「ほんとに？　遠慮はしなくていいのよ、自分の息子のだめさはよくわかってるから」

「貴臣さんはだめじゃないですよ。すごく優しくしてくださいます。僕の顔が赤いのは……その、嬉しかったからです」

　照れただけなのに東桜路のせいになっては申し訳ない。焦って言い募ると、喜美子は念を押した。

「ちゃんと可愛いって言ってもらってる？」

「……は、はい」

嘘ではない。言われたことはある——発情期の、ベッドの中でだけれど。

余計に赤くなると、喜美子は嬉しそうに両手を組みあわせた。

「よかったわあ。さすがの貴臣も、自分で好きになったお嫁さんにはちゃんとしてるのね。これならもうひとりか二人か三人くらいは、孫が増えそうじゃない？」

どきん、と心臓が鳴った。

思わず珠空を抱きしめて東桜路をうかがうと、彼は案の定渋い表情を浮かべていた。

「孫なら珠空で充分でしょう」

「ばかねえ、孫ってのは可愛いのよ、多いほうがいいじゃないの。あんただってほしくないの、自分の子供」

事情を知らない喜美子の問いかけに、ひやりと胸の底が冷たくなる。東桜路は面倒そうなため息をついた。

「灯里には夢があるんです。子供の頃から、お弁当屋さんをやりたいって——なのに私と結婚してくれたんだ。今は彼の夢の実現に向けて準備をしているところなので、母さんは余計な口を挟まないでください」

「まあ、お店をやるなんて素敵じゃない。それはぜひ実現したらいいわ。わたしも子育てには協力するもの」

「協力って、家、遠いでしょう」

「いざとなったら引っ越してくるわ。父さんだって、息子家族のためならこっちに戻るのをいやとは言わないわよ」

あっけらかんとした母親に、東桜路は苛立った様子だった。

「珠空だって、やっと慣れはじめたところなんです」

「それはわかってるわ。だから、すっかり慣れたら考えればいいじゃないの」

「——とにかく。勝手な期待を寄せられても困ります。そうやって口出しするなら帰ってください」

ついには立ち上がった東桜路に、喜美子はしばらく黙ったあと、仕方なさそうに帽子に手を伸ばした。

「偏屈よねえ貴臣は。せっかく遠路はるばる様子を見にきたのに——でも、予想以上にちゃんとしていてよかったわ。珠空も元気そうだし、灯里くんは可愛いし。また来るわね」

バッグを手にした喜美子は玄関に向かうと、見送りに出た灯里を見てすまなそうな顔をした。

「ごめんなさいね、急に来たりして」

「いえ、びっくりしましたけど、嬉しかったです。……歓迎してくださって、ありがとうございます」

会釈した灯里に、喜美子は探るような目を向けてくる。

「つらくない？」

「え……？」

「貴臣みたいなのが旦那で、つらくないかなと思って。結婚したこと、後悔してない？」

じっと見つめる眼差しは気遣わしげで、再び、どきんと心臓が音をたてた。珠空とつないだ手をぎゅっと握る。

「後悔なんて、とんでもないです。家族になれて嬉しいです」

懸命に浮かべた笑みがちゃんと幸せそうになっているか自信がなかったけれど、喜美子は優しく笑い返してくれた。

「それならいいんだけど。もし困ったことがあったら、いつでも相談してちょうだいね」

「はい、ありがとうございます」

彼女が門を出ていくのを見送って、こんなに恵まれてるんだ、と灯里は噛みしめた。

月尾学園の園長先生をはじめ、灯里は周囲の人に、いつも恵まれている。

長年の夢だって叶いそうで、過分なほど幸せな人生だ。なにもかも与えられている――たったひとつ、東桜路の心以外は。

（あんなにはっきり、珠空がいるから充分だろうって……）

涙が目尻から流れて、何度目だろう、とそれをぬぐった。

東桜路の心が自分にないと思い知るのは、今日が初めてじゃないのに、毎回涙が溢れてくる。せつなさと悲しみが襲ってきて、過ぎた幸福を忘れそうになる。

「とーり、いたいいたい？　ないてる？」

涙に気づいて、珠空が腕を引っぱった。ふらりとしゃがんだ灯里の頬を、一生懸命撫でてくれる。

「かなしーの？　いいこいいこする？　おとーさんよぶ？」

「……ううん。大丈夫」

灯里はそっと珠空の顔に触れた。

「幸せだなあって思ったら、泣いちゃったんだ。珠空と貴臣さんのこと、大好きだなって思って」

「だいすきなのに、ないちゃうの？」

「うん。大好きだと、泣いちゃうこともあるんだよ。——痛くないから、平気。心配してくれてありがとう」

大切にしよう、と思った。

珠空が大きくなって、自分が用済みになるまで、精いっぱい、東桜路と珠空と一緒に過ごせる時間を大切にしよう。東桜路にも悪くない人生の寄り道だったと思ってもらえるように。

大好きな人のそばにいられるだけだって、とても幸せなことだ。

恋を知らずに死んでいくかもしれなかった頃に比べたら、叶わぬ想いの苦しさも、味わえただけでいい。

綺麗に涙をぬぐい、珠空と一緒にリビングに戻ると、東桜路は気難しい表情で麦茶の残りを飲んでいた。灯里を見ると立ち上がって頭を下げる。

「すまない。親が無神経なことを言って、いやだっただろう。気にしなくていいから、孫とか子供とかは忘れてくれ」

「謝らないでください。素敵なお義母さんで、嬉しいです」

また遊びにきてもらってくださいね、と言ってから、東桜路を見上げる。

「でも、次の発情期のときは施設に戻ります。なる前から戻りますので、十日くらい留守にしますが、どうぞよろしくお願いします」

「――、そうだな。そのほうがいい」

東桜路はふっと顔を背けた。

「そうしてくれたほうが、私も助かる」

「はい。……僕、買い物行ってきますね。珠空、見ててください」

「ああ」

微笑んだままリビングを出て、無意識に部屋に向かい、帽子を掴んだ。外に出ればまだむっとするほど暑く、じわりと汗が浮かんでくる。そのくせ身体の芯はひんやりと冷たく、灯里は小さく自嘲した。

「私も助かる、か……」

あと何回失恋したら、この喪失感に慣れるのか、灯里にはわからなかった。

手際よくレジアプリを操作し、三百二十円のお釣りを渡すと、真美が連れてきた友達数人は感心した表情で店内を見回した。

「いいお店よね。内装が白木なの、灯里さんっぽいし」

「僕っぽいかどうかはわからないですけど、できるだけアットホームな感じにしたかったので、気に入ってます」

「お弁当もすごくおいしそう。お惣菜だけ売ってくれるのも助かるわ。このお魚のハンバーグ、ソースが選べるのも嬉しいし」

「ありがとうございます。時間がないときとか、疲れたときは活用してくださいね」

「うん、また来るね。頑張ってね」

手を振ってくれる真美たちを見送って、灯里はほっと息をついた。

東桜路の借りてくれた物件を改装し、準備期間に二か月かかって、十月下旬の今日、開店日を迎えた。真美が宣伝しまくってくれたおかげもあって、客の入りは上々だった。開店させた十一時半から人が途絶えず、昼食をつまむ余裕もなかったほどだ。

時計を見ると午後二時近くて、慌ててバックヤードで抑制剤を飲む。空腹は感じなかったが、おにぎりだけでも食べようかと考えたとき、表の引き戸が開く音がした。

「こんにちはー」

懐かしい声に、ぴんと耳が動いた。急いで店に出ると、ひかるが手を広げて寄ってくる。

「灯里！　久しぶり」

「来てくれたんだ、ありがとうひかる。遠いのに……」

「大事な親友の夢が叶ったんだもん、どんなに離れてても来るよ」

お客さん一号にはなりそこねちゃったけど、と悔しそうにして、ひかるは灯里の顔を覗き込んだ。

「でも、もう売り切れてるお弁当もあるなんて嬉しいね。灯里の作るものならなんでもおいしいから、明日からはリピーターさんでいっぱいになっちゃうよ」

「そうなったら嬉しいんだけど」

半年ぶりに会う親友の顔を見ると、開店の緊張もゆるんでいく。微笑み返すと、ひかるはぺたぺたと灯里の頬に触れた。

「灯里、ちょっと痩せたんじゃない？　それに、少し疲れてる？」

「痩せてはないと思うけど……昨日は、明日がついに開店だって思ったら眠れなかったから、顔に出てるかも」

　昨晩寝つけなかったのは嘘ではない。ただし正確には、この二か月のあいだずっと、睡眠の質はよくなかった。悲しい夢を見てしまったり、どうしようもない寂しさにかられて眠れなかったり。

　顔色が悪いのは自覚があって、できるだけ表情で補おうと、笑顔と元気な態度は保っているつもりだけれど――ひかるには、わかってしまうらしい。

「灯里は真面目な頑張り屋さんだからなあ。今晩はちゃんと眠りなよ？　優しいって評判の旦那さんにも思いきり甘えてさ」

「……うん。そうするね」

　頷いてから、灯里はひかるが安心してくれるようにつけ加えた。

「貴臣さん、お店の開店にもすごく協力してくれて、今日も仕事を早めに切り上げて、珠空のお迎え、代わりに行ってくれるんだ」

「お義母さんとお義父さんも優しいんでしょ？」

「うん」

山梨に移住していた東桜路の両親は、現在近くにマンションを借りて、なにかと灯里たちを助けてくれている。とくに、三日にあげず顔を出してくれる喜美子のおかげで、灯里は開業に必要な勉強や手続きなど、珠空を気にせずに集中することができたのだった。

「やっぱりね〜」

商品の並んだ棚に向かいつつ、ひかるは得意げな表情になった。

「僕の言ったとおりじゃない。灯里は結婚しても、お弁当屋さんをやってもうまくいくよって」

「ほんとだね」

「僕の自慢の親友だもん」

ひかるは優しい兄のような目つきになり、キッシュを四つ選んでレジに持ってきてくれた。

「これにするね。灯里のキッシュ、僕大好きだから、旦那にも食べさせてあげたいんだ」

「ありがとう。……遠くて大変だと思うけど、今度は旦那さんとか、幸太くんも一緒に来てね」

「うん！　また絶対来る。頑張ってね」

お会計をすませるとひかるはもう一度ハグしてくれ、灯里は戸口まで見送りに出た。何度も振り返って手を振るひかるに応えつつ、見えなくなるまで見つめる。

（次に会えるの、いつかな）

ほんの少し寂しさを感じ、店に戻ろうと踵を返した途端に、ぐらりとした。強い目眩に壁に手をつく。

一瞬、発情期前によくなる立ちくらみかと思ったが、吐き気のする不快感があって、違うなと胸を撫でた。

寝不足だから、目眩がするだけだろう。

五月末から六月初旬にかけての前回の発情から、すでに五か月近く。そろそろのはずだと思うが、体調がすぐれないせいか、今回はまだ兆しもない。

(開店のときにかぶらなくてよかった。はじめたばっかりでお休みにするのもお客さんに申し訳ないし……このまま、あと三か月くらい来ないといいなあ)

年末年始は珠空と一緒にいてあげたい。そうして考えると、発情期というのは本当に不便だった。もっといい抑制剤があればいいのにと思いながらゆっくり顔を上げると、目眩はもう治っていた。ほどなくやってきた新しい客を笑顔で迎える頃には気分もよくなっていて、灯里は無事に初日を終えた。

一週間も経つとリズムもつかめて、緊張することも無駄に疲れることも少なくなってきた。

あと数日で十一月、というその日は、すっかり晩秋の気候だった。

朝から冷え込んだせいか、今日は試しに作ってみた量り売りのシチューやポトフがよく売れて、うちも夜はあったかいメニューがいいなと考える。

と、バックヤードに続くドアが開いた。

「灯里くん、お客さんとぎれたなら、ちょっと休憩したら？　お茶淹れておいたから」

ドアのそばに小さな丸椅子を出しつつ声をかけてくれたのは喜美子だ。

「すみません、ありがとうございます」

「とーり、たから、えーかいたの！」

耳と髪をまとめる三角巾を外しつつバックヤードに入ると、珠空が尻尾を振りながら画用紙を見せてくれる。

「おみせでがんばってるとーりと、たからとー、おとーさんだよ」

淡いベージュ色の家の中で、垂れたうさぎ耳を跳ねさせてお鍋を持っているのは灯里だろう。横には珠空らしき耳尻尾つきの子供と、東桜路だろう男性も描かれている――ように、見えなくもない。

なかなか判別の難しい絵は、それでも楽しげな雰囲気だった。

いいなあとほっこりするのと同時に、いやでも襲ってくるわびしさに表情が曇った。

(この絵みたいに――実際に、貴臣さんがこのお店に来てくれたらいいのにな)

貴臣は協力的ではあるが、一度も店に寄りつかない。内装の写真や棚の配置を見てほしくても、「きみの店だ、きみの好きなようにすればいい」としか言わなかった。

寂しいなあ、と思うと、下腹の奥がきゅうんとせつなく痛んだ。

同じ家で暮らしていても、最近の貴臣は忙しいらしく、顔をあわせる時間はごく短い。開店までは灯里のために家での時間を作ってくれていたから、忙しいのも仕方がないとはわかっているが、好きな旦那様と一緒にいられないのはやはり寂しいものだ。

耳を撫でてくれる大きな手のぬくもりを思い出し、甘く身体が疼きそうになり、灯里は急いでそれを振り払った。

今夜は久しぶりに残業をしないで帰れる予定だと言っていたから、一緒にごはんを食べられる。もしかしたら、食後のお茶も一緒に飲んでもらえるかもしれない。

気を取り直そうと笑みを浮かべ、珠空と目をあわせながら椅子に腰を下ろす。

「たから、絵も上手だねえ」

「えへへ。たからは、なんでもじょーず！」

すぐに珠空は膝によじ登ってきた。向かいあわせにまたがって、お茶を飲もうとした灯里をじいっと見つめてくる。

「どうかした？　珠空」

「んーん。おちゃ、のんで」

見つめたまま可愛くすすめられ、灯里は笑ってカップに口をつけた。

熱いほうじ茶は飲み込むと胃にじんわり広がって、神経がほっとゆるむ。お茶が胃に染み渡るのにあわせてゆるやかな目眩がして、灯里はこめかみを押さえた。

（まただ……）

発情の予兆とも違う目眩に、灯里はときどき悩まされていた。相変わらず寝不足は解消されたとはいえないし、慣れたとはいえ疲れは溜まっているのだろう。

（熱が出ないといいけど）

ぎゅっとこめかみを揉むと、その上から珠空の小さな手が添えられた。

「とーり、いいこいいこ」

「……珠空？」

「いいにおい、いっぱい。だからだっこして、いいこいいこね？」

灯里はぎくりとした。

「──におい、する？」

「うん。いっぱいするの。たから、やくそくしたでしょ？」

得意げに笑って珠空は抱きつき、灯里の耳の下に鼻先をうずめて匂いを嗅いだ。そうしながらつたない手つきで何度も髪を撫でてくれる。

「おとーさんと、やくそくしたもん。とーりがいたいいたいのときは、いいこいいこ」

「――珠空。ありがとう」

前回の発情期が終わった直後、東桜路が灯里をからかったときにかわした約束を、珠空はちゃんと覚えていたらしい。感激して珠空を抱き寄せつつ、そんなに匂うのか、と愕然とした。

思っていた以上に発情期が近いのだろうか。いつもの予兆もないのに？

（どうしよう。今夜にでも施設に戻ったほうがいいかな。でも、まだだと思って、家を開ける準備も不十分だし……貴臣さんには、なにも話せてないし）

早くても家を離れられるのは明日の午後だろう。

急いで準備しなくちゃ、と考えると、胸がちくちくした。

東桜路のそばを離れなければならない自分が悲しくて、寂しい。

同じ家にいてさえ、東桜路と一緒の時間が少なければ心細くなるほどなのに、施設に戻って、身体の火照りにひとりで耐えるのだ。一度慰めてもらう喜びを知っただけに、きっと何度も寂しさに打ちのめされるだろう。前回みたいに濡れてとまらなかったり、奥がたまらなく疼いたりしたら、それだけでも苦痛そうだ。

「灯里くん」

無意識に珠空を抱きしめていると、喜美子から声をかけられ、灯里はどきっとして振り向いた。

バックヤードとの仕切りのドアを開けはなした状態で、店側に置いた丸椅子に腰掛けた喜美子は、心配そうに眉をひそめている。

「一昨日から気になっていたんだけど、発情期が近い？」

「やっぱり……すみません」

喜美子もアルファだ、フェロモンは気が散るはずだ。珠空だけでなく彼女にも指摘されるなら、本当に時期が近い。

ぎゅっと耳ごと撫でつけるように首筋を押さえると、彼女は「違うのよ」と苦笑した。

「謝らないで。知り合いの奥さんがオメガでね、発情期の前は一週間くらい前から身体がだるかったり、気分がすぐれないことも多いって聞いたから――灯里くんも、今日は顔色がよくないわ」

「抑制剤を飲んでいるので、発情期前の不調は普段からかるいほうなんです。でも……今夜は追加で飲みます」

「無理しないで、休めるときは休んだほうがいいわ」

「ありがとうございます。家のほうは、僕がいなくても大丈夫なように、明日のお昼くらいまでに準備しておきます。ご迷惑おかけしてすみません」

「待って、灯里くん」

喜美子が顔をしかめた。

「いなくてもいいようにって、どこに行くの？　——あ、もしかして、貴臣と二人きりのほうがいいのかしら」

「いえ……そうじゃ、なくて」

しまった、と唇を嚙んだ。喜美子は東桜路と灯里の仲について知らないのに、完全に失言だ。

「その、発情期のあいだは、オメガの施設に戻ることにしてるんです」

「どうして？」

「——妊娠、するわけにはいきませんから」

できるだけ重くならないように、灯里は笑ってみせた。

「ほら、お店もはじめたばっかりですし、今はそういう時期じゃないので……なのにフェロモンを撒き散らしていたら、貴臣さんにも迷惑をかけちゃいますので」

「……そうねえ。たしかに、灯里くんがいなくちゃお店は開けられないものね」

喜美子は不本意そうな表情でため息をつく。

「でも、わたしが手伝えることはやるから、せめて今夜はゆっくりしなさいな。準備なんて気にしなくていいのよ」

「——すみません。いつも助けていただいてばっかりで……」

恐縮して、灯里は目を伏せた。灯里を撫でるのに満足し、くるりと背中を向けて絵を描きはじめた珠空の後頭部を見つめる。珠空には喜美子がついていてくれると思うと心強い。

「本当に、ありがとうございます」

「いいのよ、わたしも楽しく孫や嫁と過ごしたくて来てるんだから。……だけど」

喜美子は言いよどんで口をつぐむ。視線を向けると、寂しげに微笑まれた。

「勘違いだったらごめんなさいね。灯里くん、本当は子供、産みたいんじゃない？」

言い当てられて、灯里は諦めの境地でやっぱりなと思った。

なんとなく、初対面から彼女には見抜かれているような気がしていた。つらくないかと聞いてくれた喜美子の口調は真剣だったし、この二か月、喜美子と親しく触れあう中で、彼女が見た目の豪胆さよりはるかに繊細で、思いやり深く、人の機微にも敏い(さとい)のだとよくわかっていた。

珠空のわずかな変調にもよく気がついてくれるし、灯里が普段より少し疲れているときなどは、さりげなく家事をすませておいてくれたりする。だからこそ、彼女の前では振る舞いに気をつけていたつもりだが、どこかしらで想いが漏れて、それで彼女が確信したとしても不思議ではない。

「——貴臣さんが、望んでませんから」

やんわりとかわすと、喜美子は不満そうに唇を尖らせた。

「まったく、貴臣ったら珠空のことは可愛がるくせに、どうして自分の子供がほしくないのかしら。

そりゃただの自分のコピーならいらないかもしれないけど、灯里くんとの子なのよ？　あの子だけは、昔からなにを考えてるかわかりにくいのよね」

ため息をついた喜美子は一度店の表に出て、入ってきた客の応対をはじめた。ほどなく戻ってくると、珠空の描く絵を覗き込む。

「珠空、今度はなにを描いてるの？」

「えっとね、パトカーさん！　たから、うんてんするの」

「じゃあこれは車ね。車の前の丸は？」

「ぼーるだよぉ！　おっきなぼーる、おいかけるの！」

びゅーんって！　と珠空は手を広げ、楽しそうに身体を揺らした。落ちないように支えてやりながら、無邪気で元気な様子に笑みがこぼれる。喜美子は慈しむ眼差しを孫に向け、灯里のことも同じように穏やかに見つめた。

「灯里くんから、もっと家族がほしいですって言えばいいのに」

「……僕は」

いっそ、言えたら違っただろうと灯里も思う。はっきり望みを口に出せる性格なら、断られてもすぐに結果が出る。それが離婚という選択になっても、傷は浅いかもしれなかった。望みが口に出せるくらいなら、傷から立ち直る強さも兼ね備えているだろうから。

でも灯里は違う。自分から望むことは、なににつけても分不相応な気がして苦手だった。

半獣オメガだという引け目が、思っていた以上に自分を縛りつけていることを、ひしひしと感じる。

誰からも望まれない存在の自分に、なにかを望む資格はあるだろうか——と、思ってしまう。

だから、東桜路に対しても、なにも言えないのだ。

「僕は、幸せですから」

口元に笑みを浮かべ、灯里は呟いた。

「貴臣さんの妻になれただけでも、本当にすごく幸せなんです。もしかしたら僕は誰とも家族になれなかったかもしれないのに、貴臣さんは僕を、パーフェクトだって言ってくれました」

初めて会った日の不思議な懐かしさと期待に胸が膨らむ感じを思い出すと、今でもせつない。珠空の子供らしい体温、東桜路の手の大きさ、家族と言ってもらえた誇らしさ。

望外の幸福だから、それを損なうのは怖い。余計なことを言って壊してしまうくらいなら、終わる日までひっそりと寂しさを抱え、ひそかに失恋を繰り返すほうが、ずっとよかった。

壊さずに大事にして、一日一日を大切にしたい。

「貴臣さんと珠空と……三人でいられるのが、すごくすごく嬉しいです」

珠空の頭にそっと頬を押しつけて、灯里は喜美子を見上げた。

「お店、あと三十分もしたら閉めますから、先に珠空と帰っていてもらえますか？」

「わかったわ。ごはん、なんでもよければ用意しておくわね」

頼もしく請けあってくれた喜美子は、仕方なさそうな表情で腰に手を当てた。

「うちのぼんくら息子にはもったいないくらいいい子よね、灯里くんは。だめ男なのに、好きになってくれてありがとう」

「……そんな、ありがとうだなんて。お礼を言うのは僕のほうです」

「一番お礼を言わなきゃいけないのは貴臣よね。……大丈夫。きっとそのうち、貴臣だって子供がほしくなるわ。絶対うまくいくから」

「ありがとうございます」

励ましてくれる喜美子にお礼を言って、珠空を膝から下ろす。最近ではすっかり喜美子にも心を許している珠空は、おとなしく色鉛筆をしまうと、小さい鞄(かばん)を斜めにかけて、喜美子と手をつないだ。

「とーり、はやくかえってきてね」

「うん。またあとでね」

店の外まで見送って、ひとりカウンターまで戻って、灯里は大きくため息をついた。

身体が重い。座りたいが、もう一度座ったら二度と立てそうにないくらいだるかった。今朝はここまでじゃなかった、と思いながらバックヤードで薬を出そうとして、血の気が引いた。

「——ない」

鞄に入れてきたはずの薬入れがない。こんなときにかぎって、昼間服薬したときの記憶が曖昧だった。昼に飲んだあとでテーブルの上に置きっぱなしにしただろうか。普段なら決してそんなことはしないけれど――そうだったとしても、テーブルの上にも、床の上にも見当たらない。

もしかしたら、珠空が間違えて自分の鞄にしまい、持って帰ってしまったのだろうか。

好奇心で口に入れられたら困るから、気をつけていたのに。

どうしよう、と青ざめると、足元から震えがのぼってきた。風邪のひきはじめのような悪寒が肌を伝い、思わず両手で自分の身体を抱きしめる。

こぼれた息は荒く、ついで、ぐらぐらと目眩がしてきた。発情期前の症状を早回しで再現しているかのように、下腹部が痺れ、手足には力が入らなくなって、灯里は呆然と膝をついた。

昨日までは予兆もなかったのに――こんなはじまり方、経験したことがない。抑制剤を飲み忘れれば効果は切れてしまうとはいえ、普通なら発情期が突然襲ってくるわけじゃない。

間隔が人よりも間遠なのが影響しているのだろうか。

(でも、まだまにあう。今のうちになんとかしないと)

ゆっくりと毒めいて熱が支配していく感覚に、灯里は自分を叱咤して、よろよろと立ち上がった。

遅い動作ながらも店の表のシャッターを下ろし、わずかに残った惣菜を片付ける。トレイやトングを洗い場に運び、商品棚やケースをアルコール液を使って拭き清め、目眩と戦いながら洗い物まで終えた。

　本当なら翌日の仕込みもするはずだったが、どうせ明日は店を開けられない。

（このまま……家に戻らないでタクシーをひろって、施設まで戻れば……きっと、まにあう）

　自力で動けないほど発情してしまう前に、なんとしてでも移動しなければ。

　最後の力を振り絞って、東桜路にはメールを打った。

　一週間だけ、留守にします。ごめんなさい。

　あんなに会いたかったのに、ごはんを一緒に食べることもできずに家を離れなければならないのが悔しい。悔しいのに、詳しい事情を説明するだけの余力もなかった。

　震える手で店の鍵を閉め、一歩一歩、夕闇の落ちた道を進む。駅から自宅に戻る途中の数人が灯里とすれ違いざまに訝しげな視線を投げてきて、灯里は咄嗟に俯いた。

　帽子を、店に置いてきてしまった。垂れた耳で半獣だとわかり、撒き散らすフェロモンで暗くてもオメガだとわかる自分は、どんなふうに他人の目に映っているのだろう。

　発情しかけ、ふらふらと夜の街を歩いているオメガ。結婚指輪もしていないひとり者が、抱いてくれるアルファを探して彷徨っているとでも思われるかもしれない。

　駅のほうから歩いてきた人が、灯里を見てぎょっとした顔になる。なにか言いたげに口が開くのに耐えきれず、灯里はそばの公園に逃げ込んだ。

ちょっとだけ。人通りが少なくなるまで、休むだけ。

休んだら駅の向こうの病院まで行って、そこで施設の人に迎えにきてもらえばいい。

自分に言い訳しながら人目を避けて低い植え込みの後ろに回り、そこで力尽きた。がくんと膝を折ってしまうと、だるさに負けた身体が横倒しになる。

冷たい地面に寝転がって、それでも灯里は必死にポケットを探った。携帯端末と一緒になぜかそこから薬入れが出てきて、もう遅いと知りつつ、錠剤を噛み砕いた。

飲み込んでも息が荒く、身体は熱を帯びている。カーゴパンツの股間は膨らみ、目が潤んで視界が滲んだ。

ごまかしようもなく、完全な発情だった。

こんなところで発情しきって倒れ込んでいて、見つかったら襲われても文句は言えない。望まずとも誰かに抱かれてしまったら、今度こそ東桜路に見放されてしまう。珠空を抱きしめることだってできなくなってしまうのだ。

自力で動けないなら、助けを呼ばなければ。

震える指で携帯端末を握り、施設の番号を呼び出す。コール音を聞きながら、脳裏には東桜路の顔が浮かんだ。

——会いたい。

抱きしめてほしい。強く抱きしめられて、彼の腕の中で極みまで追い上げられて、耳を撫でられて眠りたい。

じゅわりと股のあいだが湿って、灯里は膝を胸に引きつけて丸くなった。小さく縮まり、フェロモンが少しでも弱まりますようにと願う。

こんなみっともないところ、誰にも見られたくない。

忙しい時間帯だからか、電話はなかなかつながらない。先に施設に連絡を入れたかったが、一度切って救急車を呼んだほうがいいだろうか。発情したから救急車をお願いしますなんて、来てもらえるかどうかわからないけれど。

判断を迷ううちに、ぼうっと意識が霞んだ。頑張らないと、とだけ思う。

東桜路に会いたい。珠空にも、早く帰ると約束したのに守れなくてごめんね、と謝って抱っこしてあげたい。

会いたい——愛する人に。

(死ぬまでじゃなくていいんです。あともうちょっとだけ、家族でいたいんです)

誰にともなく訴えて、灯里はそこで意識を失った。

最初に気づいたのはひんやりした肌触りで、火照った身体に触れるそれがシーツだと気づくまでに数秒かかった。ぼんやりした明かりが灯されていて、まばたきするのと同時に、すぐそばで誰かが動いた。

「灯里？」

「……、貴臣、さ……っ、ッ」

剝き出しの肩に手が触れて、その熱さにびくりとなった。蕩けそうに身体が熱いのに、触れてくる東桜路はもっと熱く感じられる。

「きみは変なところで無茶をするな。公園で倒れているのを見つけたときには心臓がとまるかと思ったよ」

仰向けに寝かされた灯里の上に伏せるようにして、東桜路は腕を回してくる。ぐっと抱きしめてくる力は強かった。

「灯里のフェロモンを覚えていてよかった」

「貴臣さん……僕、……っ」

首筋に触れる東桜路の吐息にぞくりと震え、あえかな声がこぼれ出る。本能的な安堵に襲われて脱力しそうになり、灯里は首を横に振った。

「は、離れて……、僕、におい、が……っ」

「ああ、たくさん香るな。きみの健気なフェロモンだ」

すう、と吸われて目眩がした。東桜路は灯里の肩から鎖骨(さこつ)へ、細い喉へと手を這わせてくる。

「やっ……、ぁッ」

「短い時間とはいえ、私がそばについていてやるべきときにひとりにしてすまなかった」

ゆるやかに灯里の肌を撫でながら、東桜路は見下ろしてきた。

「少し前からフェロモンが出ているのに気づいていたのに、きみがいやがるかと思うと指摘するのも気が引けて——だが、いやがられても、そばにいるべきだったな」

「そんな……今回、のは、本当に急で……貴臣さんのせいじゃ、ないです」

顎の下をゆっくりこすられると目を閉じてしまいたくなる。くすぐるような撫で方は卑怯だ——顎の下は触れられればリラックスしてしまう、気持ちいいところなのだ。

「いいや、私のせいだ。月尾学園の人にも文句を言われたし、母にも叱られた。発情期の近い妻を気遣わない夫なんて失格だって。私も、失格だと思う」

「んっ……」

うわずりそうな声を必死で呑み込んでも、東桜路は甘やかすように何度も顎下を撫でてくる。見下ろす瞳は普段より濃い色で、灯里が唇を噛むとさらに暗さを増した。

欲情したときの、彼の目の色だった。

「貴臣さん……、ん、……ぅ、」

嚙んだ歯をこじ開け、東桜路は親指を唇のあいだに入れた。赤くなってしまった灯里のそこを、端から端まで丹念に撫でる。

灯里はぶるりと震えた。——東桜路が、優しい。灯里が発情期だから気を遣ってくれているのだろうけれど、優しくされるのがつらかった。

もっとしてほしくて、でも拒まなければいけなくて……でも、本能が暴れて、拒みきれない。

「貴臣さん……は、離れて……」

「離れないよ、灯里」

声だけ懇願するように振り絞った灯里に、東桜路はきっぱりと言った。

「きみから一週間留守にすると連絡が来て、慌てて店まで迎えに行ったらもういなくて——いくら電話をかけてもきみが応えてくれなかったとき、いやな予感がしたんだ。きみが二度と私の元には帰ってこないような気がして。そこに施設から連絡があって、灯里から電話があったが無言で、呼びかけても返事がないって言うじゃないか。本気で肝が冷えて、後悔した」

「後、悔……？」

「普段どおりに一緒に暮らしていても、いつだってきみを失う可能性はある。弟夫婦みたいに、突然事故に巻き込まれるかもしれない。身内を亡くして痛感したはずなのに、また過ちをおかすところだったと気づいたんだ。私がどうしたいのか、灯里に伝えるべきだったって」

深い色の目がせつなげに細められ、見つめられるとどくんと鼓動が高鳴った。

わずかな微笑みを浮かべた東桜路の表情は、大切なものを見つめるときのそれだった。

「皆の言うとおりだ。きみに、言えばよかった。灯里――きみが、好きだと」

「……、あ、……」

呼吸がとまって、灯里はまともな言葉を発せられないまま、彼を見つめ返した。

信じられない。嘘だ。そんなはずない――だって、あんなに、ずっと相手にされていなかったのだから。

「――僕が、発情期、だから、ですよね」

胸を締めつける苦しさに喘いで、灯里は呟いた。

「だから、そんなふうに、優しいこと言ってくれるんですよね……。でも、僕、わかってますから」

「いや、わかっていないようだ」

東桜路は小さく苦笑した。

「好きだと言うのは、発情期のきみに同情してるのでも、慰めるためでもないよ。本当に好きなんだ――たぶん、ずいぶん前から」

「前、……から？」

「そうだよ。きみに、恋していた。ほかの誰でもなく、特別な相手として、灯里が好きなんだ」

甘い東桜路の声に、耳の端がちりちりした。

何度も夢見て、叶うはずがないと諦めてきた言葉だった。

嬉しいはずなのに苦しい。もう嘘でもよかった。僕もですと応えたくて、でも胸がいっぱいすぎて声が出ない。

（好き——好き、貴臣さん）

震える灯里に、東桜路は愛おしげに笑みを深くした。唇を撫でていた親指が優しく口の中に入れられて、かるく揺すられる。

「灯里も私を好きでいてくれると嬉しいんだが。好きなら、これを吸ってごらん」

舌の上に乗った指を、灯里は反射的に吸っていた。唇を窄め、ちろちろと指先を舐め回す。震える睫毛を上げて東桜路と見つめあうと、彼はさらに指を押し込んだ。

「その好きは、身体を重ねてもかまわない『好き』？」

「ふぁ、……ん、」

何度も頷き、親指をちゅくちゅくと吸った。太い指が動いて舌をこすり、奥に入ったり浅い位置まで抜けたりするのを、従順に舐めしゃぶる。

（大好きです、貴臣さん）

性器に奉仕するような咥え方を東桜路は黙って好きにさせてくれたあと、そっと引き抜いて代わりにキスをくれた。

舌を入れない、短いキス。

「珠空のためにと結婚しただけの相手のはずなのに、一緒に暮らしはじめたきみのことは、日々好感が高まるばかりだった。だが、その好感の理由は考えもしなくて……悪くない結婚だと思っていたよ。発情期のきみにあてられて、年甲斐もなく盛ったときだって、フェロモンのせいだ、オメガとアルファだからそういうものだと、自分に言い聞かせていた。灯里が眩しく見えて、日に日に可愛くて仕方なくなっていくのに気づいたときも――灯里のほうは望んだ結婚ではないのだからと、我慢してしまったんだ。自分を抑えるので手いっぱいで、灯里の気持ちを考えてやれなかった」

「……僕も、です……」

ひたひたとこみ上げてくる喜びに、灯里は濡れた吐息を漏らした。

「僕は、すぐに貴臣さんを好きになってしまって……でも、貴臣さんは絶対、僕のことは好きじゃないって、思ってました。せっかくキャンプで抱いてくれたのに、そのあとは避けられてたから、がっかりされてしまったんだろうって」

「あれは、灯里があんまり無垢（むく）なことを言うからだ」

「無垢？」

「私の好きなようにしていいとか、自分を犠牲にするようなことを平気で言うから、無理に妻にした挙句に欲望の相手をさせるなんてさすがにひどいと思ってね。――本当は毎日だって抱きたいほどだったよ」

「毎日……」

ぱあっと灯里は赤くなった。ただ避けられているだけだと思っていたのに、逆だったなんて。

真っ赤になった灯里の顔を、東桜路は包み込むように撫でた。

「引いた？」

「いいえ。……僕も、毎日でも、よかったです。さ……さびしかった、から」

嬉しくて胸がどきどきして、自分から東桜路の首筋に腕を回す。おずおずと唇を上げれば、ついばむようにキスしてもらえた。

「んっ……、ふ、ぁっ……、んむ、……ん……っ」

「寂しくさせてすまなかった」

灯里のこめかみから髪を梳いた東桜路は、指のあいだにうさぎ耳を挟むようにして、両手でしっかりと頭を押さえた。

「もう一度、はじめから家族になろう」

「――貴臣さん」

「きみと結ばれたいんだ、灯里」

まっすぐな眼差しに見据えられる。

「珠空の母親になって、私の妻になって――ここで」

手のひらを下腹部にあてがわれ、どくん、と奥が脈打った。溶け出すように、身体の芯から熱いものが湧いてくる。

命を宿す部分を、東桜路は優しくマッサージした。

「ここで、私との子供を作ってくれるか？」

「はい。……僕も、ほしいです……あなたの、」

喘ぎ混じりに応え、灯里は重ねられる唇を受けとめた。今度は最初から激しい。荒々しいほど強く舌を入れられ、口中をねっとりと嬲(なぶ)られる。

「んくっ……、うっ……、はっ……、んぅ……っ」

夢中で手を伸ばし、東桜路の背中にすがりつく。絡めあった舌は甘く、嚙まれても吸われても快感が腹に響いた。じんじんする愉悦はうねりになって膨れ上がり、もっともっと気持ちよくなりたくて腰がくねる。

気持ちがいいのに足りない。もどかしい。

もっと強く——激しく、全部呑み込むような快感に支配されたい。東桜路にすべてを明け渡して、奪われて、なにもかも差し出してしまいたい。

「ん……は、ぁ、っ……、あ、……ぁ」

「灯里」

東桜路は艶を帯びた声で呼び、頭から首筋へと撫でてくる。

「不思議だ。きみが、もっとほしい」

「あっ……、ぼく、ぼくもっ……もっと」

うずうずと下半身をすりあわせ、それでも足りなくて、灯里は首を傾けた。斜めに顔を背けて、白くなまめかしい首筋を東桜路に晒す。東桜路は誘われるようにそこに顔を近づけた。

一度目は優しく口づけ、二度目は強く跡が残るほど吸い、三度目には大きく口をひらく。獣の形状ではないが、健康でしっかりとした歯列が皮膚に当たって、灯里は幸福な酩酊感に溺れた。

「か、んでっ……たかおみさ……、首、噛んで……っ」

それは無意識になにかをねだることを諦めてきた灯里の、初めての、心からの願いだった。

誰のためでもなく、自分のためだけの純粋な要求に、東桜路は応じてくれた。

「——ッ、い……、ぁ、……ああッ」

皮膚が破れて歯が食い込み、鮮烈な痛みがほとばしる。痛みは一瞬で色を変え、怖いほど深い歓びに満たされて、灯里はゆるく腰を振って極めた。

「あ……っ、は……っ、ああ……」

達しながら、自分が変わっていくのが目に見えるようだった。肌が粟立ち、その下で細胞が目まぐるしく変異を遂げていく。

(ああ……僕、貴臣さんのに、なってる——)

これまでの自分が死に絶えて、生まれ変わるのが嬉しい。細胞のひとつまで貴臣のものになるのだと思うとうっとりした。

信じられないけれど、ずっと前からこう決まっていたのだとわかる。

自分と東桜路は、結ばれる運命だったのだ。ほかに代わりのいない、唯一無二の——愛しあうべき二人だった。

噛み跡に滲んだ血を、東桜路は丁寧に舐めた。

「驚いた。灯里が……私のものだったなんて」

「僕も、びっくりしました。まさか……運命のつがい、だなんて」

こんなことってあるだろうか。

信じられない気持ちもあるのに、間近い東桜路の瞳を見つめると、胃の奥がきゅっとよじれた。締めつけられるような懐かしさ。ようやく結ばれたという安堵と、手足を満たすあたたかさは、たしかに彼が灯里のつがいなのだと教えてくれていた。

「……初めて会ったときに、貴臣さんを見て、びっくりしたんです。なんだか懐かしい風が吹いたみたいで」

「風か。灯里は表現するのが上手だな」

東桜路は愛しくてたまらないというように、何度も頬を撫でた。

「私もそうだったよ。最初から不思議な気分だった。まるで初めて会う気がしなくて、懐かしい匂いがして。だが、うさぎの半獣オメガだなんて、いくら私でも過去に会っていれば覚えているはずだから、錯覚だと自分を納得させてしまった」

「運命のつがいは出会った瞬間からわかるって……もっと、わかりやすいかと思ってたんですけど、あれじゃあわかんないですよね」

「そうだな。わからないが――でも、互いに惹かれた」

額に、東桜路はキスしてくれる。

「惹かれて、回り道してもこうして結ばれた。きみを失うことなく、こうして抱きしめられて、私は幸せだよ。――身体は？　つらくなければ、このまま抱きたい」

「……はい」

深い喜びでいっぱいになって、灯里はこくんと頷いた。膝を控えめに左右にひらいて東桜路を迎え入れるポーズを取ると、ぽんぽんと頭を叩かれた。

「服を脱いでしまうから、少しだけ待っていなさい」

一度ベッドを下りた東桜路は、手早く服を脱いでいく。

露わになっていくたくましい身体に、灯里は見とれた。背中が広い。腰の位置が高くて、筋肉のついたふくらはぎまで美しいフォルムだ。

まっすぐこちらを向けば雄の象徴は天を向いていて、しなるそれを見るとごくりと喉が鳴った。

「な、なんだか……前に見たときより、おっきい、です」

「灯里のフェロモンのせいだ。きみがほしくてたまらないからだよ」

改めてのしかかられ、触れあう素肌にも陶然とした。手足を絡めるように抱きあい、唇を重ねてキスをする。

「……っ、ふ、うっ……、ぁっ、は、……ぁッ」

硬く勃起した東桜路のペニスが押しつけられて、灯里のささやかなペニスとごりごりとこすれあう。じょわりと漏らすように愛液が滲んで、すぐに東桜路の下腹をべたべたにしてしまった。東桜路はゆったりと腰を使い、性器を使って灯里のそこを刺激してくれた。

「あッ、んっ、すごいっ……だめ、い、いきます……っ」

「愛液を噴いてしまいそうかな？　遠慮しないで、出してごらん」

「でも、僕だけ……っ、あぅっ、あ、ア、んッ」

「灯里の愛液はとろみがちょうどよくて私も気持ちがいいよ。自分だけだなんて気にしなくていいんだ」

ごりゅっ、と強くこすって、東桜路は絶頂を促してくる。

「灯里は私のもので、私もまた灯里のものだ。灯里が感じてくれるのが嬉しいし、きみが達くと満足できる。……ほら、びゅーってしなさい」

「ひゃ、……ぁ、ん……ッ！」

もう一度強く押しつけられ、灯里は噴きながら達した。尻がシーツから浮くほど強い快感に、愛液は何度も噴き出してくる。

「とまらないね、灯里。とてもいい——上手に私の性器に、たくさんかけてくれている」

「ん、はっ……あ、……、んッ」

だめ押しに性器をこすりあわされ、ぴゅくりと噴いてしまってから、灯里はくったりと脱力した。ペニスは麻痺したようにじんじんするし、腹の奥は疼いていて、太い楔を求めてうごめいている。どろどろになるほど潤んだ体内が、熱くてたまらない。

東桜路は灯里の膝裏に手をかけて持ち上げた。胸につくほど深く折り曲げさせ、腰の裏が浮くほど尻を上げさせて、窄まりを覗き込む。

「一度も触れていないのにほころんでいるね。ひくひく動いて、中が見えてる」

「やっ……み、見ないで……っ」

「綺麗な色だ。灯里のここはおいしいから、あとでまた舐めさせてもらうよ」

「あ、あれ……や、ですっ……はずかし、……ぁ、ッ」

「恥ずかしくても、気持ちがいいだろう？　これから毎日、何度も舐めしゃぶっていれば、恥ずかしくてもしてほしくてたまらなくなるよ」

にっこりと優しい笑みを見せる東桜路に、灯里は涙目になった。

「い……いじわる、です……」

「きみが可愛い顔をするのがいけない」

いっそ爽やかなほどの笑みを浮かべ、東桜路は性器をあてがってくる。丸みを帯びた硬い切っ先がぴったりと襞を塞ぎ、灯里は息を呑んだ。硬くて熱くて、あてがわれただけでもう気持ちいい。窄まりは花ひらいて、自ら彼を飲み込もうとしている。

「あ……、ぁ、……入っちゃ、う……」

「そうだね。少し押すだけで入る」

ぬぷっ、と先端が沈んだ。隙間なく入り口が塞がれ、体内で亀頭を感じると、内壁は喜んで収縮し、反対に顔がとろんとゆるむのがわかった。

「はいっちゃ、……あっ……、あついの、はいって、あッ」

「素晴らしくやわらかいな。幸せそうな顔をして——気持ちがよくなっているね？」

さらにぐっと分け入って、東桜路は見下ろす目を細めた。灯里はがくがくと頷く。

「きもち、いっ……、なか、とっても、……う、うれし……っ」

「まだ半分も入っていないのにこんなにとろとろでは、何回達ってしまうかわからないな。もったいないが、奥まで入れてしまうから、力を抜いて、少しだけ我慢してくれ」

言うなり東桜路は灯里の脚を摑み直し、わずかだけ腰を引いた。突かれるのだと悟って、灯里の身体からは勝手に力が抜ける。

男のなすがままに受けとめる準備を整えた奥めがけて、東桜路は突き入れた。

「——ッ、く、ぅ——！」

衝撃にがくんと顎が上がり、たまらずに背中がしなる。貫かれた場所から脳天まで、痺れをともなう快感が走り抜けて、ひくつきながら達してしまう。

「……っ、ひ……、ぁ、……っ」

「まだだよ、灯里。達ってもかまわないから、もっと呑み込むんだ」

ぐちゅぐちゅと音をさせながら、東桜路は奥壁めがけてピストンしてくる。こんな深くまで彼を受け入れたことはない。初めて刺激される奥は亀頭がぶつかると竦んで震え、気が遠くなるほどの快感だった。

「っ、だ、めえっ……そ、そこ、っ、あ、あああッ」

ぷしゅりと泡混じりの愛液をこぼし、灯里はまた達った。行きどまりのそこは強く突かれるせいで丸くくぼんでしまったようで、そこをさらに抉られて、何度も手足が快感に突っぱる。

「とっ……とけちゃうっ……、いくっ……、あ、またっ、とけちゃ、あ、アッ」

「いいよ灯里。奥もずいぶんほぐれてきた。これくらいやわらかくてぐしょぐしょになれば、もっと奥まで私を入れても大丈夫だね」

奥壁を突き上げた状態で捏ねるように腰を使い、東桜路は灯里のへその下を撫でた。艶と色気を帯びた視線に、ぞくん、と腰に震えが走る。

「も、もっと……おく？」

「そうだ。この突き当たりの先の、狭くなったところを突き抜けて、子供を授かるところまで私のペニスを入れるんだ。根元まで私のものを挿入するから、このくらい深く、呑み込むんだよ」

「……っ、こ、こんな、に」

指で撫でて示された下腹の位置に、耳がぴくりと跳ねるくらいどきどきした。押さえられた下腹までびくびくとうごめいて、濃密な熱がそこに集まってくる。

「ここにたっぷりと精液をかけて、たくさん精子を溜める。灯里が上手に受けとめて、こぼさないように飲み込んでくれたら、子供を授かれるんだ。きみは授業で習っただろう？」

ぐぐっ、と内部を押し上げられ、ぞくぞくした震えに襲われながら、灯里は首を横に振った。

「そ、そんなに詳しくはっ……、もっとおく、なんて……」

きっと入らない。そう思うのに、東桜路は「大丈夫だよ」と撫でてくる。

「ちゃんと入るさ。それとも、ほしくない？」

「……ほ、ほしいです」

奥の奥までなんて痛いに違いないけれど、それでも、ほしくないわけがなかった。

「くださいっ……貴臣さんの精子……か、かけて……っ」

「一回だけではすまないよ。今日だけでなく、明日も明後日も、発情が終わるまでは毎日、奥の奥まで入れて、苦しくなるくらい注ぐ。……それでもいいね？」

「はいっ……、いっぱいに、して……」

ずっとそれを願っていた。

つながって、ひとつのものを二人で作ることを。

震える指を伸ばして東桜路の顔に触れる。

「好きです……貴臣さん」

「私もだよ灯里。……愛している」

甘く渋い声で告げ、東桜路は灯里の腰を捻らせて横倒しに近い体勢を取らせた。狙いを定め、力を込めて肉杭を押し込む。

「――ッ、ア、……あ、ア、あぁ、アッ……！」

ずぷりと狭まった管を通り抜けた瞬間、そこが破れてしまったような感覚がした。

痛みはない。代わりにじくじくと腫れぼったく感じられ、その真ん中を東桜路が貫いている。わずかに動かれるとずしゅ、びしゅ、と粘液が飛び散る音が響いた。

「最初はゆっくり突く。気持ちよくなってきたらかき混ぜてあげるから、焦らずに味わいなさい」

「あ、……っ、ふ、……あッ」

宣言どおりゆっくりと、東桜路は狭くくびれた部分を何度も行き来した。雄々しく張りつめた雁首を使い、くびれの襞をしっかりとめくり上げ、まだ未開のそこを慣らしていく。

ほどなく、奥まで入れられるとびくんと腹が痙攣するようになり、灯里は味わったことのない快感に身悶えた。

「すっ、ご、……、あっ、なんだかっ……、へ、へん、です、……っ」

「奥のくびれが喜んで締まるようになったな。慣れるのが早くて上手だ」

「アッ……ぁ、はやいの、まだっ……、ひ……ンッ」

「怖がらなくていい。何度達ってもいいんだ、もっともっと気持ちよくなってごらん」

「でもっ……、ひ、……アっ、あ……ぁ、ああ……！」

あたたかいお湯を浴びせられたような錯覚がして、灯里は深い愉悦に全身を強張らせた。尻尾も耳もぴんと張り、快感に呑み込まれる。

高い空まで逆さまに落ちていくような、昇りつめるとも墜落するともつかない浮遊感。

「――っ、……は、……っ、あ……っ」

「きみはこんなところまでおりこうだ。くびれがひくひくして、私のものを扱いてくれているみたいだよ。……さあ、次は出すからね」

「あ……、待っ……、あッ、んッ」

突かれただけでも息がとまるほど気持ちいいのに、精液を出してもらったら、溶けて崩れてしまう。壊れたら身ごもれないと思うと怖くて、反射的に灯里はもがいた。

そこを、東桜路が征服してゆく。

「――あっ……あっ、んッ……あ、は、……んん……っ」

ぐぽぐぽと激しく出し入れされ、身体も意識も揺さぶられた。くびれはすっかりくり抜かれ、奥のぬかるみは彼を受けとめるつど熟れて蕩け、ちかちかする快感を撒き散らす。

びしょびしょなのに、焼けついたみたいに気持ちいい。

「……っ、い……っ、ああっ……、ん、……ぁああ……ッ」

「おなかがずっと痙攣しているね、灯里。達きっぱなしになった証拠だ。だが」

「あッ！　ひ、……あああッ」

ぬぽっとくびれを抜けた性器が、弾みをつけて突き入れられる。

「もっと達きなさい。遠慮も我慢もいらないから、思いきり、自分を解放してごらん？」

「ッ、ああっ……、やあっ、は、はげしっ……ア、……ん、ぁああ、ア、あ！」

連続で穿たれ、きつく身体が反り返っても、東桜路はとまらなかった。速度を上げてより深くめがけて打ちつけ、灯里を容赦なく高みに連れていく。

はじけちゃう、と泣きそうな気持ちで感じた直後、ずしん、と衝撃が襲った。苦しいほど深くまで東桜路が突き刺さり、そこで大きく膨れ上がったようだった。

「ふ、ぁ……っ、あ……、……あ、ぁ……」

来ている。勢いよく東桜路の精液が溢れ、灯里を満たしていく。灯里に最高の幸せを、命という奇跡をもたらしてくれる、特別な体液。

声にならない甘い喘ぎを漏らして悦びに打ち震え、灯里は蜜に濡れた襞で幸福の種を受けとめた。

一年後――。

「おお、耳が！　耳が動いたねえ、灯貴はすごいよ」

相好を崩しまくった貴臣の父、高嗣が、息子の腕に抱かれた孫を覗き込む。高嗣の長く立った狼耳はまっすぐ孫を向いていて、尾は穏やかに揺れていた。横では喜美子が感激して両手を組みあわせている。

「ほんとねえ。お母さん譲りのかわいいうさちゃんね」

「私に似ないでよかった、とでも思っているんでしょう」

祖父母に見つめられて機嫌よく笑っている我が子をあやしながら、東桜路が皮肉っぽく言う。灯里は彼の腕に手を添えて、思わずくすくすと笑った。

「貴臣さん、せっかく灯貴が褒められているのに、どうして照れちゃうんですか」

「……べつに、照れたわけでは」

否定しつつ、東桜路の目元はわずかに赤い。喜美子は感慨深げに灯里と東桜路を眺めた。

「灯里くんの前だと、貴臣もわかりやすいのねえ」

「……悪くはないでしょう。大事な妻なんだから」

「もちろん、だめだなんて言ってないわよ？　ただね、そんなに好きなら、最初に出会ったあとすぐにでも、運命のつがいになっちゃえばよかったのにと思って」

どうして好きだって思ってたのにちゃんとしないのかしらねえ、と喜美子はため息をつく。高嗣がおっとりと妻の肩を抱いた。

「僕は素晴らしいと思うよ。本能よりも相手を思いやる気持ちが勝ったってことで、それこそ運命のつがいでもなければ難しい振る舞いだったんじゃないかな。それだけ、愛しあっているということだ」

「でも、貴臣がいらない我慢をしたせいで、灯里くんだって寂しい思いをしたんじゃないの。灯里くんのほうが年下で経験もないんだから、そこは貴臣がしっかりリードしなきゃだめじゃない」

東桜路は居心地悪そうに視線を逸らしている。灯里はそっと腕に頬を寄せた。東桜路は去年のクリスマスに灯里がプレゼントしたセーターを着てくれていて、すり寄るとあたたかくて気持ちがいい。

「僕は、どっちでもよかったです。今もとっても幸せだし、最初から貴臣さんが嚙んでくれても、絶対幸せになれたと思うから」

「——灯里くん、一段と綺麗になったわ」

喜美子が優しく笑みを浮かべてくれ、灯里は恐縮しつつ、東桜路の袖を左手で握った。薬指で控えめに光る銀色を見つめる。

「綺麗になったとしたら、貴臣さんがいるからですね」

「灯里——」

東桜路が目をすがめて見下ろしてくる。照れて頬を染めて見上げると、いっそう優しく目尻を下げて、唇が近づいてきた。

　ん、と小さく喉を鳴らし、短いキスを交わす。東桜路は名残惜しそうにもう一度吸いつこうとし、反対側の腕を引っぱられてとめられた。

「おとーさん！　たからもだっこする！」

　じれったそうに両手を差し出した珠空はすっかり不満顔だった。

「おとーさんがだっこしたら、つぎ、たからもいいって！　ぼくもひたか、だっこする！」

「しかたないな。じゃあソファにしっかり座って」

　東桜路はわざとため息をついてみせつつ、珠空がソファに座ると、そうっと灯貴を珠空の膝の上に乗せた。灯里は珠空の横に座り、珠空が一生懸命弟を抱くのを手伝ってやる。

「珠空、だっこ上手ねえ」

「灯貴のことが好きなのかな？」

　祖父母に微笑ましく見守られ、珠空は得意げに頷いた。

「だーいすき！　だって、ぼくとおんなじはんじゅーで、とーりとおんなじうさぎさん！」

　くるんと丸い目で見上げる弟の、まだ短い垂れ耳を精いっぱい優しく撫でる。

「ぼくねえ、うさぎさん、だいすきなんだぁ」

「いいお兄ちゃんね」

喜美子は笑って灯里を見る。灯里は、はい、と頷いた。

「珠空も、子育て手伝ってくれるんですよ。灯貴が生まれてから、めきめき大人っぽくなって」

「珠空は灯里が大好きだからな。灯里似の弟が可愛くないわけないんだろう」

珠空を挟んで灯里の反対側に東桜路も腰を下ろして、家族を守るように背もたれに腕を預けた。じっと見つめられ、灯里は腰を浮かせて彼とキスした。

自分でも一番変わったなと思うのは、彼からの愛情を受けとめるのにためらいがなくなったことだ。愛されていると信じていると、キスされたり、耳を撫でられたりするのも、以前よりずっと嬉しくて、たくさんたくさんしてもらいたくなる。

ふんわり残る東桜路の唇の余韻に浸りつつ、視線を子供たちに戻す。灯貴は不安定な珠空の膝の上でも泣き出すことはなく、小さな手を伸ばして灯里の耳に触れようとしていた。耳の先を近づけてやると、握って口元に持っていく。

灯貴がちゅうちゅう吸いはじめると、珠空も我慢できなくなったらしく、はむっと耳に噛みついてくる。灯里は灯貴を抱き上げて、珠空が甘噛みしやすいようにしてやった。

東桜路は子供二人をあやす灯里を見守りながら、冗談めかして言った。

「最近じゃすっかり子供に灯里を独占されているな」

「おとーさんも、とーりのおみみもぐもぐする？」

前にも増して気遣いを見せるようになった珠空が振り返り、東桜路は笑って頭を撫でた。

「いいよ、今は譲る。その代わり、今日の晩ごはんはお父さんの好物にしてもらうから」

「あら、なあに？　わたしも手伝えそう？」

喜美子に問われて、灯里は灯貴の背中を叩きつつ「はい」と頷いた。

「今日はコロッケなんです。肉じゃが風の味つけで、貴臣さんが気に入ってくださってたんですけど、妊娠している途中から僕が食べられなくなっちゃって……」

「わかるわ、においがだめだったりいろいろあるものね」

肉じゃが風コロッケは、どちらかといえば和風の味つけを好む東桜路のために、和洋折衷で作ってみたメニューの中でも彼のお気に入りだ。芋類が苦手な珠空もコロッケは大好物なので、家族みんなが好きな料理のひとつになっていた。

つわりのときに、作るだけならと申し出てみたものの、東桜路は「灯里と一緒に食べたいから、食べられるようになるまで待つ」と言ってくれた。今日は喜美子たちも来てくれるので、食べたいもののリクエストを聞いたら、あのコロッケがいいと言われて、今朝から張りきって用意してある。

「コロッケは珠空も好きだし、タネはもうできていてあとは揚げるだけで大丈夫なので、副菜とか喜美子さんと一緒に作れたらなと思ってました」

「いいわよ、もちろん。久しぶりね、一緒に台所に立つのも」

「楽しみだなあ。灯里くんのごはんはおいしいから」

「でしょう。灯里は、なにを作ってもおいしいんです」

相好を崩した高嗣にもっともらしく頷いた東桜路は、熱心に大人の話に耳を傾けている珠空にも話しかける。

「珠空も、灯里のごはんは大好きだものな」

「うん！　おいももたべれるよー。ひたかも、いっぱいすきになるとおもう！」

珠空は両手をいっぱいにひろげた。

「こーんくらい、おいしいの！」

「そりゃすごいねえ」

可愛い孫に、高嗣が耳を倒してゆったりと尻尾を振る。喜美子は立ち上がってお茶のおかわりを入れてくれながら、灯里に問いかけた。

「こんなに優しいお母さんじゃ、珠空もなかなか離れたがらないかもしれないけど――お店はいつ再開するの？　わたし、売るほうだけならいくらでも手伝うわよ」

「来週からにしようと思っています。貴臣さんが朝は見ていてくれるから、調理だけまとめて朝にすませて、売り切りで――しばらくは短縮営業で」

「そうね。無理はよくないし、でも再開は早いほうがいいものね。なにしろ人気店だもの」

「僕も、ご近所さんから再開はいつかって聞かれてるんだよ」

自分のことのように喜美子も高嗣も誇らしそうで、灯里は嬉しさを嚙みしめた。

妊娠中もできるだけ開けていたお弁当屋さんは、開店半年くらいから急にお客さんが増え、中にはわざわざ遠くから買いにくる人もいた。不思議に思っていたら、どうやら灯里の作るお弁当やお惣菜は「恋に効く」と噂になっているらしかった。

結婚相手としては人気のない半獣オメガが、アルファと結ばれて運命のつがいになり、子宝にも恵まれて幸せに暮らしている——みんなその幸運にあやかりたいのだろうと教えてくれたのはひかるだ。

たしかに自分の幸せは奇跡的だと灯里も神様に感謝しているから、心を込めて作ったおいしいもので、お客さんの幸福をちょっとでも手助けできたら光栄だと思う。

灯里が作ったごはんを東桜路や珠空が幸せそうに食べてくれて、それを見て灯里もまた幸せになるように、お弁当を食べた人にも、幸せなスパイラルが訪れたらいい。

「僕、お弁当屋さんをやりたいと思っていた頃、食べた人が笑顔になって、食事のあいだだけでも幸せになってもらえたらなって考えていたんですけど——今は、もっと夢ができました」

「新しい夢?」

東桜路が手を伸ばして髪を梳いた。はい、と灯里は目を輝かせて頷く。

「珠空と灯貴に、いつかお店を手伝ってもらうんです。貴臣さんにもお客さんのお相手をしてもらって――家族でわいわい、おもてなしできたらなって」

「それなら、子供はもう二人か三人、いてもいいんじゃないかな」

ふ、と微笑みを浮かべ、東桜路が見つめてくる。

「うさぎは子だくさんだというし、私もたくさん灯里を愛したい」

「――貴臣さん」

「去年の夏には、わたしに向かって孫は珠空だけで充分だとか言っていたのにねえ。灯里くん、わたしが言ったとおりだったでしょ」

お茶のおかわりをテーブルに置いた喜美子が、親しみをこめたからかいの表情でウインクした。

「貴臣も子供がほしくなるから、絶対大丈夫よって」

「ほんとですね。その節は、ありがとうございました」

結婚する前には、ひかるも「絶対に幸せになれる」と励ましてくれたものだ。迷いの中にいるときも、真美や喜美子や、優しい友人たちに支えられて、灯里の幸せはある。

照れて赤くなりつつ頭を下げて、灯里は愛する夫を見上げた。腕には愛しい子供たち。あたたかな両親に見守られ、視線の先には大好きな旦那様。

(貴臣さん。大好きです)

甘やかな感謝を込めて、灯里は東桜路と、何度目ともしれないキスをした。

愛されオメガは
可愛い奥さん

東桜路貴臣の妻、灯里が営む弁当店は、白木とガラスでできた引き戸を開けて客が入ってくる造りになっている。

こんにちはあ、と明るく若い女性の声がバックヤードまで響いてきて、貴臣はすやすや眠る我が子から視線を上げた。

ドアの隙間からそっと店内をうかがうと、灯里が穏やかに「いらっしゃいませ」と迎えたのは、常連の女子高校生だった。二人連れの彼女たちはいくつか先の駅の学校に通っていて、この店にはわざわざ途中下車して寄っているらしい。

「灯里さん、こないだのお弁当！　あれのおかげでね、今度デートに行くことになったんだぁ」

「わ、おめでとうございます。どうしても行きたいって、言ってましたもんね」

「うん。だからね、今日はデートの成功を願って、またお弁当買おうと思って」

「りな、これとかおいしそうだよ。鶏もも肉のうま塩焼き」

それなら間違いない、と貴臣はひそかに頷く。夕食に灯里がときどき作るうま塩焼きは、塩麹を使っているとかで味わい深い。アレンジバージョンでアボカドやきのこを一緒に包み焼きにしたものもおいしくて、唐辛子を振ったのを肴に日本酒を飲むと最高だった。

「ほんとだ、これならパパも、弟も喜んでくれそう」

「夜ごはんに食べるんですか？」

「はい。今日は母が仕事で遅いから。あたしかパパが作ってもいいんだけど、ちょうどいいから灯里さんのお弁当にしたくて」

「じゃあ、トマトと玉ねぎのサラダ、おまけにつけるから、一緒に食べてください」

デート成功祈願に、と灯里がふんわり笑い、女子高校生は嬉しそうに顔を輝かせた。

「灯里さん優しい！　ありがとう！」

「どういたしまして。……でも、デートに行けることになったのは、僕のお弁当のおかげじゃなくて、りなさんがちゃんと相手を思っているのが伝わったからですよ。りなさんが伝えようって努力したからで、すごいのはりなさんだから」

「でも、勇気が出せたのは灯里さんのお弁当のおかげだよ」

手早く三つのお弁当を袋にまとめる灯里を見る女子高校生の眼差しには、憧れと信頼が込められている。

「頑張ってねって言ってもらえて、おいしいごはん食べたら、ほんとに頑張れる気がしてきたんだもん。やっぱり、ここのお弁当は恋に効くんだよ」

「あんまり噂になって、全然効かなかったじゃないかって言われないか、ちょっと心配なんですけどね。おいしいって思ってもらえて、元気が出たなら、僕も嬉しいです」

困ったように微笑みながら灯里が差し出した袋を、彼女は大切そうに受け取る。また来るね、と手を振って出ていくのをわざわざ見送りに出た灯里が戻ってくるのを待って、貴臣は大きくドアを開けた。

「休憩中の札は出してきた？」

「はい、出してきました」

貴臣を見ると、灯里の表情は花のように明るくなる。接客用の三角巾とギャルソンエプロンを外して、広げた貴臣の腕の中に自然と身体を寄せてくれた彼は、けれどキスより先にバックヤードの奥を気にした。

「灯貴は？　よく眠ってます？」

その声が聞こえたのか、それまで眠っていた灯貴が、ふにゃ、と泣き声をあげた。灯里は貴臣の腕から抜け出して、赤ちゃんを愛しそうに抱き上げる。

「おなかすいたねえ、灯貴。いっぱい飲めるかな？」

慣れた仕草でシャツの前を開けると、はかない膨らみを宿した胸が露わになった。ツンとおいしそうに尖った乳首の周りは、乳輪もぽってりと大きくなっている。灯貴はすぐに右の乳首に吸いついて、んくんくと喉を鳴らしはじめた。

午後の客の少ないひとときに店を閉めるのは、こうして貴臣と灯里、灯貴の三人で、授乳タイムに家族の時間を持つためだ。灯里の体調によっては休憩前に完全に営業を終えてしまうこともあるが、ここ半月は安定して、週四日の営業日すべて、一休みの時間をとりつつ十七時まで営業できている。

十六時には貴臣か灯里のどちらかが保育園に珠空を迎えにいき、貴臣ならそのまま家へ、灯里なら店へと戻る。夕方手伝いにきてくれる貴臣の両親とともに店の片付けや明日の仕込みを終えてから、十九時には家族全員が家にそろう。

無理のない範囲で店を開け、客と触れあいつつ、家族での時間を満喫するのは、灯里にとっていいバランスのようだった。

「見て、貴臣さん。灯貴のこの顔……目元が、貴臣さんにそっくりですよね」

幸せそうに目を細くした灯貴の口元は笑っているかのようで、それを見つめる灯里も清らかに微笑んでいる。

「灯貴は全体的には灯里似だと思うよ。耳も、尻尾も」

「それは、僕も灯貴もうさぎだから、当たり前です」

「いや。耳の動き方や尻尾の振り方がそっくりなんだ。嬉しいときの灯貴の尻尾、きみが小さい頃はまったく同じだったんだろうなと思いながら、いつも見てる」

灯貴のちっちゃな尻尾は、ぴこぴこふりふりとよく動く。ごきげんなときの動きは愛らしく、驚いたときに勢いよく立つところも、悲しくなったときの下がり具合も、たまらなく可愛いのだ。

やましい気持ちはなくそう言ったのに、灯里はかあっと赤くなった。

「し、尻尾は……僕のは……そんなに、見てないでしょ、貴臣さん」

「じっくり観察したものは忘れない質なんだ。でもね灯里」

真面目な顔を作って呼ぶと、灯里はきょとんと視線を上げた。灯貴とおそろいの耳が、不思議そうに少し持ち上がる。やはり灯里の愛らしさは格別だなと思いながら、貴臣は重々しく告げた。

「過去のきみの尻尾の素直で可愛い反応よりも、私としては、今目の前にあるおいしそうな可愛いおっぱいのほうが気になるんだが」

「なっ……、み、見ないでくださいっ」

灯里はたちまち鎖骨あたりまで赤くなってしまったが、母乳を飲む灯貴を抱っこしているせいで、胸を隠すことができない。羞恥は乳首のあたりまでほんのりと肌を染め上げて、よりいっそう目の毒だった。

「灯貴。そのおっぱいはもともとは、お父さんのなんだぞ」

「っ、ちょ、……なに言ってるんですかっ」

「灯貴には貸しているだけなんだ。お父さんだって、そこはあんまり吸ったことはないんだ。思う存分愛してあげる前に、神様が灯貴をくれたからね。だから、心ゆくまで灯里の可愛い胸を愛するのは、灯貴が生まれてからにしようと決めていたんだ」

「……、そんな……、こと……」

灯貴に語りかける体裁をとりつつ、灯里への愛着を打ち明ける貴臣に、灯里はどんどん俯いていく。

「灯貴を授かったことはもちろん後悔なんかしていないし、お父さんたちのところに来てくれて嬉しいよ。のんびり一年待ったところで、お父さんにはまだたくさん、お母さんを愛するチャンスがある。……いや、ちゃんとチャンスがもらえるように、この一年も、大事に守って、愛してきたつもりだ。灯里を見るだけでも心が満たされるくらい大好きだから、素晴らしい一年だったよ」

でもね、と囁いて、すっかり寝てしまった垂れ耳に口づける。

「やはりできることなら、持てるすべてを使って愛したいと思うのも当然だ。灯里に無理はさせたくないから、灯貴が生まれても今日まで我慢してきたが――今夜は久しぶりに、私だけの灯里になってくれないか？」

灯里がふにゃりと脱力してしまう顎の下も優しくくすぐってやると、彼は濡れて迫力のない目つきで睨んできた。

「貴臣さんの声、僕、好きなんです」

「……そうだったのか？」

初耳だ。意表をつかれた貴臣に、そうです、と灯里は拗ねた。

「すっごく素敵で、渋くって、大人っぽくて色っぽくて。……大好きな声でそんなこと言われたら、困ります」

「困るか」

ということは、今夜はまだだめか、と貴臣は諦めかけた。店を再開してまだ日も浅いから、致し方ないだろう。

もう少し我慢するよ、と言いかけた貴臣の唇に、灯里はすばやく口づけた。

「今すぐ、ぎゅってしてほしくなっちゃうじゃないですか。夜まで我慢しなくちゃいけないのに」

「――灯里」

「お店、もう開けますから。……貴臣さんも、夜まで我慢してください」

ほとんど泣いているように潤んだ目で言われ、ずくんと下半身が疼いた。いつのまにかおっぱいを飲み終えた灯貴を抱き直した灯里は、そそくさとシャツをかきあわせてげっぷをさせた。

そうして満足そうに寝落ちかけている灯貴を貴臣に渡すと、目をあわせないまま店の表に出ていってしまう。

休憩明けを待っていたらしい客が入店してくるざわめきを聞きながら、貴臣は灯貴のぷくぷくした頬を見つめ、ひとりにやつかずにはいられなかった。

少しの回り道を経てから運命のつがいとして結ばれてよかったと思うのはこんなときだ。

もちろん、灯里に半年も心細い思いをさせたことは、生涯かけて償うべき罪だと思うけれど――あの半年がなかったら、機微にうとい自分は灯里の繊細な変化に気がつけなかったかもしれない。

何事にも遠慮がちで、目立たぬようにひっそりとしていた灯里。自分に向かって拗ねたり、甘えてみたり、あんなふうに可愛らしい欲望を覗(のぞ)かせてくれたりするのが、彼にとってどれほどの変化なのかが痛感できるとき、貴臣は幸福感に包まれる。

出会えてよかった、と思うのだ。

彼をほどき、幸せにするのが自分で、本当によかった。

「に、二時間だけですからね」

寝室のベッドに押し倒されながら、灯里は恥ずかしげに身をよじる。貴臣は手際よくカーディガンを脱がせ、安心させるために微笑みかけた。

「灯貴はよく寝る子だ、大丈夫だよ。それに、夜中の面倒は私が見る。どっちにしても、今夜はきみは朝までぐっすり眠ること」

「で、でも……一昨日も貴臣さんが」

「昨日はきみが夜中担当だっただろう。だから今日は私であってる。さあ、襟元(えりもと)を押さえないで、手を離しなさい。脱がせてあげるから」

「……、ありがとうございます」

お礼は夜中に子供の面倒をみることだとわかっていても、おずおずと手をどけて無防備になりながら言われると、脱がすことへのお礼に聞こえてしまう。

ゆっくりと焦らしつつボタンを外していくと、灯里はきゅっとシーツを握りしめた。身体はこまかに震えている。

「緊張しているね。久しぶりだからか？」

「……は、恥ずかしいんです」

「恥ずかしい？」

「貴臣さんが……昼間、む、胸……灯貴に、焼きもち、やくから……」

色気を増した胸を空気に晒し、灯里は羞恥に顔を背けた。乳首の先まで震えているのが見えて、貴臣はボトムに手をかけつつ、そこに唇を近づけた。

「んっ……、す、吸わないでくださいねっ……おっぱい……たくさんは、出ないからっ」

下肢も裸にされるのに、逆らわずに脚を上げて協力してくれた灯里は、目元を赤くして訴えてくる。

「吸わないよ。こうして舌で転がすだけだ」

ちゅぷちゅぷと唇に挟んで出し入れし、舌で丹念に転がすと、乳首はすぐに硬くなった。ミルクが滲む様子はないが、ほんのり甘い味が心地よかった。弾力を増した突起を舐めて弾けば、びくんと腰が押しつけられる。

「貴臣さんっ……、あの、それも、だめ……」

「気持ちいいことをだめと言うのは、灯里の数少ない欠点だね」

尖らせた舌先を使って存分に乳輪を刺激した。灯里は耐えかねたように貴臣の肩を押さえ、ごく控えめに腰を振った。貴臣の下半身に密着した股間は、わずかな湿り気を帯びて熱っぽい。触れてみると、可哀想なほど勃起したそこはすでに先端が濡れていた。だいぶ出ている。この調子では、後ろの孔もとろとろだろう。

（灯里は発情期でなくとも感じやすいからな）

そんなところも、いつでも精いっぱいの愛で応えてくれているようで、愛しくてならない。可愛らしいペニスを根元からさすり、貴臣は胸に顔を寄せたまま、視線だけ上げた。

「おっぱいとペニスのどちらかを吸わせてほしいんだが、どちらがいい？」

「そ……そんな……っ」

「昼間言っただろう？　灯貴が生まれたらたくさん胸も愛したいって。灯貴の分を奪うような真似はしないから、少しだけ飲ませてくれるか――どうしてもだめなら、下のこの可愛いペニスから、蜜を飲ませてほしいんだ」

愛液を飲まれるのを、灯里はひどく恥ずかしがる。気持ちよさそうにしながらも羞じらいの消えないところは魅力的だが、貴臣としては我を忘れるほど感じてもらいたかった。

「ずっときみを味わっていないんだ。だめか？」

「じ……じゃあ……み、蜜……を」

全身をほんのりばら色に上気させ、灯里は小さな声で返事した。ためらいがちに貴臣を見つめ返す瞳は甘く濡れ、口元にあてがった拳には銀色の輪が光っている。

婚姻届からだいぶ遅れて贈った結婚指輪を、灯里はことのほか喜んでくれた。涙ぐんで感激し、何度も大切そうに撫でる仕草を見たら、貴臣まで感動した。

こんなにもいたいけな生き物が、自分の伴侶なのだ。

乳首のほうを心ゆくまで堪能できるのは灯貴が離乳してからになりそうだと思いながら、貴臣は幸福と愛おしさを噛みしめた。

「では脚をひらいて。お尻を持ち上げるから、膝を曲げてごらん」

「はい」

従順に頷いてくれる灯里の可愛い乳首を名残惜しく見つめ、深く膝を折らせた。ぷるんとなるペニスも貴臣とつながる孔も、小刻みに動く短い尻尾も、全部丸見えのポーズだ。ささやかに息づくなまめかしい孔もあとで舐めようと心に誓い、貴臣は優しく尻尾のつけ根に触れた。

「あッ、しっぽは、あ、んんッ」

「好きだろう？　このへんを揉むと灯里はよく濡れる」

きゅっきゅとリズミカルに尻尾のつけ根を揉んでやり、震える灯里の分身を口に含みこむ。

「——っ、は、ぁ、……あ、あ……っ」

ほっそりと形のいい灯里のペニスは表皮が素晴らしい手触りで、舌でくるむと甘い匂いがした。心地よく貴臣の情欲を掻き立てるフェロモンだ。発情期でなくともセックスの最中には分泌されるささやかなフェロモンは、欲望以上に愛情を深めてくれる気がする。

「とてもおいしいよ、灯里」

「だ、め……たかおみさん……っ」

　褒めたのに、灯里は涙を溜めてかぶりを振った。

「ぼく、す……すぐ、いきそ……っ、もう、噴いちゃ、うっ」

「噴いてくれたほうが私も嬉しい。たくさん飲めるからね」

「でも、こんなにすぐっ、あッ、は、んんっ、あ、ああっ」

　必死にこらえようと、灯里はシーツを握りしめている。貴臣は尻尾をしっかりと揉みほぐし、灯里の花芯を深く咥えた。唇を窄めて強弱をつけて吸い、それから指を使って、先端の孔をこすってやる。

「あ、ンッ、あ、あ、あ……！」

　尻尾のつけ根と鈴口を同時に刺激されれば、灯里はひとたまりもない。ひくりと下腹をうごめかせ、耐えきれずに汁を溢れさせる。ぴゅっと勢いよく噴き出したあとは、何度も弱く噴いてとろとろと尾を引いた。

「――んっ、は……っ、あ、と、とまらな……あ、あっ」

「久しぶりだからね。近くで見ると、鈴口もぱくぱくと開け閉めするんだな……きみはどこを見ても可愛らしい」

「や、だぁ……そんなとこ、見ないで……」

灯里は顔を覆ってすすり泣いたが、貴臣としては見ないわけにはいかなかった。昔から興味のある対象について学んだり観察したりはつい熱中してしまうが、今まで出会った物事の中でも、灯里はいくら見ても見飽きないのだ。仕事よりも夢中になれる存在がこの世にはあるのだと、灯里は貴臣に教えてくれた。

「灯里の全部を見るのは、私の義務でもあるんだ。灯里はときどき我慢しすぎてしまうからね。きみよりもよくきみの身体や心について知っておかなければ。さあ、孔も見せなさい」

膝を閉じて腰を下ろそうとする灯里を阻んで、貴臣はしっかりと後ろの孔が上を向くように固定した。つつましくぴったりと襞が閉じているが、左右にひらくと中は濡れそぼり、誘うように奥まで口を開けてくれる。

「入口より中のほうがうごめいているようだ。蜜はたっぷり出ているが、いけそうかな？　舐めて慣らしてあげてもいいし、一度達するまで指でいじってあげてもいい」

「――貴臣、さんのが、いいです」

涙声で、拗ねたみたいに灯里が呟いた。

「もう、ください……いじわるしないで」

「いじわるをしたわけじゃないんだがね。灯里がうんと気持ちよくなってくれないと、セックスをする意味がないだろう？」

「僕だけなんて、いやです。……貴臣さんも、気持ちよくなってくださらなくちゃ」

灯里は涙でいっぱいの目でまばたきし、貴臣の左手を取った。大事そうに引っぱって口に近づけ、指輪にキスする。

「夫婦、ですから」

「――そうだな」

夫婦だからこそ、自分の快楽よりも、灯里が悦びに浸っているのを見るのが嬉しいのだが、今日は譲ることにした。もともと、今日は一度の交わりだけで、無理させるつもりはなかったのだ。

思う存分愛して溺れさせてやるのは、もう少し灯里の体力に余裕ができてからでいい。

愛撫のあいだに臨戦態勢になった己を取り出し、灯里のやわらかい窄まりに押しつける。股間全体を濡らした愛液と幾度かなじませてから、ごくゆっくりと挿入した。

「ふっ……、あ……っ」

大きく震えた灯里の身体がくねる。体内はくうっと絞られて、貴臣自身を締めつけた。拒むのではなく歓迎してくれている証拠に、ほとんど力を入れなくても、ずぷずぷと引き込まれていく。

「あ、ぁ……っ、入って、……ん、……ぁッ」

「自分で上手に呑み込めているよ。きみの中は、いつ味わっても最高だ」

半分ほど呑み込んでもらったところで、ぐっと腰を進めた。貴臣よりもだいぶ小柄な灯里は奥壁の位置も浅く、それだけで突き当たりに届いてしまう。

ずん、とした衝撃にびくんと痙攣した灯里の表情が、深い快楽で蕩けた。

「あッ……、あ、……ん、……は、ぁ……っ」

「気持ちがいいな、灯里」

可愛い。

口元をふにゃふにゃにし感じてくれる灯里が、可愛くて仕方ない。

「はっ……ひ、きもち、ぃっ……、あ、ああ、あッ」

続けて穿つと、窄まりはきついほど締まってくる。そのくせ奥はとろんと潤み、緻密に重なった襞で貴臣の切っ先を包み込んだ。

誘われるように貴臣は腰を使い、ずっぷりと根元まで入れてしまった。

奥壁の先。細くくびれた腸管の奥は、貴臣の子種を受け入れてくれる場所だ。

「あ、ああっ……！」

くびれをこすられるのに耐性のない灯里は、つま先や耳先をぴんと持ち上げて、あっというまに達した。どっと愛液が溢れ、動くとぐちゅぐちゅと嬉しい音がする。

「灯里のここは全部健気で気持ちいいが、奥は格別だね。きみが奥で達してどろどろになってくれると、何回でも掻き回したくなる」

「待っ、あっ、や、まだっ……、まだいっ、て、あ、ア、ァあッ」

絶頂の余韻が収まらないままの灯里は、二度のピストンでまた極めて、今度は大きく身体を波打たせた。快楽の震えが収められた貴臣自身にまで響いて、貴臣はふと目を細めた。

乳首が、濡れている。

左の……右より少し母乳の出がよくないらしく、灯貴があまりしゃぶらないほうから、うすく乳汁が滲んでいた。

なかなか刺激的な光景に、思わずぐいと突き上げると、灯里は声もなく仰け反った。滲んだ白い乳がみるみる量を増し、たらたらと胸の皮膚まで垂れていく。

誘われるように、貴臣はそこを指でつまんでいた。両手で左右それぞれの乳首をつまみ、力を込めすぎないように気をつけて、こりこりと揉む。

それが、灯里には鋭い快感を与えたようだった。

「や、ぁあっ、あぁッ、あ、……んんっ、あ、あッ」

珍しく大胆な動きで灯里の尻が動き、貴臣の性器と灯里の襞とがこすれあう。奥では雁首が狭い部分を出たり入ったりして、ぐぽぐぽ淫らな音が響いた。

「ッ、ああっ、いっ、いっちゃ、あッ、やめ、あ、アっ、あああっ！」

貴臣が乳首を揉むのにあわせ、たどたどしく腰を振り上げた灯里が高い声をあげる。かるく達して蕩けきった淫らな顔を眺めつつ、貴臣からも動いて奥をついてやる。

つまんだ乳首からは、おいしそうな乳がぴゅっと噴き出した。

「――ッ、や、おっぱいっ、や、ァ……ッ」

「もっと達ってごらん。達きっぱなしになっていい」

「ひっ……ん、や、らぁ、あああ……ッ！」

いや、と訴えつつ、灯里は幾度も昇りつめる。速度を上げて攻めたててやれば、ひくりと全身を波打たせ、きつく仰け反って極めた。

「……っ、は……、……っ、……、ん」

可哀想なほど息が荒い。ぼんやりとした灯里の意識が戻ってくるまで、貴臣は己を収めたまま見つめていた。

ミルクが飛び散った肌は色づいて美しい。キャラメルのような色をした瞳は快楽で夢見るようにけぶっていて、息遣いにあわせて耳が小さく動いている。

不規則に身体が跳ねる絶頂の余韻も抜けていくと、灯里はぐったりと脱力してしまった。

(これなら、よく眠れるな)

産後、些細な物音にもすぐ起きてしまっていた灯里だが、これだけ極めさせてやれば、ぐっすり眠ってくれるだろう。

優しく髪を撫でてから、貴臣は丹念にこぼれたミルクを舐めとり、乳首にも吸いついた。

「ふぁっ……あ、も、だめです、ってば……、ぁっ」

「すまなかった。まだ少し出ていたからつい。きみのおっぱいが可愛すぎるんだ」

「も……もう、へんなとこ、ほめないでくださ……、ん、んんっ」

また出てしまった乳蜜を舐めとると、灯里は色っぽい吐息を漏らした。つんと尖って震えた乳首はいくら見ていても見飽きないほどで、これを思う存分吸えるのはいつだろうか、と考える。

他人の胸を――過去の恋人のものだって、こんなに愛しく、ほしいと思ったことはないのに、吸いたくてたまらない。

がっついて灯里に呆れられたくはないのだが。

灯貴にも悪いしなと自分をいさめ、貴臣は乳輪だけを丹念に舌で愛撫した。まだミルクの味がする。

「は……ん、あっ、は、ぁっ」

「こうして舐められるのも感じる？」

「……は、はい……、それに、貴臣さんの——まだ、硬い、から」

「一緒に達けなくて悪かった。もう少しだけ、つきあってくれ」

抜いて自分で始末してもかまわないのだが、そうすると灯里が寂しがるのはわかっている。急ぐから、と囁くと、灯里は恥ずかしげに頷いた。

「あの……、お、っぱい……あとほんのちょっとなら、吸っても、いいですから……」

「——いいのか？」

「だって……貴臣さん、ほしそうな顔してます」

ぽうっと赤い顔で、灯里が見つめてくる。

「そんなふうに見られたら……僕も、嬉しくなっちゃいます……」

「灯里——」

嬉しいだなんて、可愛いことを言ってくれる。

「きみは世界で一番優しくて可愛い奥さんだ。パーフェクトなだけじゃなく、最高で唯一無二の愛妻だよ」

「ほ、褒めすぎです、貴臣さん」

「本当のことだから仕方ない」

健気で優しい妻の言葉に甘え、一度だけ乳首を咥えた。ちゅう、と吸い上げると甘い滋味が口に広がり、ごくりと飲み下す。

「……やっぱり、きみの身体は全部美味だな」

「――、んッ、た、たかおみさっ……また、おっきくなって、ん、ぁ、あッ」

「奥に出すよ、灯里」

がちがちに硬くなったもので、灯里の奥を突く。苦しげに眉を寄せた灯里は美しかったが、疲れているところに何度も極めて、彼が限界なのはよくわかっていた。いくらぐっすり眠らせるためとはいえ、これ以上無理をさせたら熱を出しかねない。

明日もしっかり労って、甘やかしてやらなくてはと決意しながら、強く打ちつける。

「――っ、あッ、……ん、……は、……んッ」

揺さぶられるリズムに灯里が慣れるのを待って、さらにスピードを上げる。ぐしゅぐしゅと水音をたてる灯里の蜜壺は、あたたかくてどこまでもやわらかい。

「あ、うっ、だめ、えっ、つよいのっ……、あ、ああっ」

全身を揺さぶられる灯里が、涙ぐんで声を震わせた。

「い、いく……っ、またっ……、ごめ、なさっ、いっちゃう、あッ」

「達きなさい。私もすぐだ」

手を握って、貴臣はぐりぐりと押しつけてやった。ぷしゅりと泡まじりの愛液をこぼし、灯里は目の焦点を失って仰け反った。

「——っ、……っ、……！」

噴きながら激しく達く、素直な身体も可愛い。快感にとらわれて意識を飛ばしているのをじっくりと見つめ、貴臣も最後を迎えた。

たっぷりと放っても、貴臣のものは硬い。とくにオメガを相手にしたときのアルファというのは、性欲に際限がなくなってしまう。

（灯里に出会う前は淡白なほうだと思っていたんだがな）

正直、セックスを楽しいと思ったこともなかったくらいだ。事後になるとなにもかも面倒になって、後悔したこともあった。それが今は、灯里相手ならなんだってしてやりたいし、いくら抱いても、達かせても、面倒どころか愛しさばかりが胸に溢れる。

最後の一滴まで注いで己を引き抜くと、すうっと灯里は眠りに落ちてしまう。それだけ、疲れていたのだろう。

しどけなく投げ出された身体を愛撫したくなるのを我慢してベッドを離れ、脚のあいだの汚れをぬぐった。それから隣に身をすべりこませ、風邪を引かないようにぴったりと寄り添い、抱きしめて布団をかける。

「ん……たかおみ、さ……」

「起こしたか？　寝ていなさい、大丈夫だから」

小さな声をあげた灯里にどきりとしたが、目が覚めたわけではなかった。幸せそうな笑みを浮かべ、眠りの中にいる灯里は、無意識のままでも貴臣にくっついてくる。安心しきって力が抜け、垂れ下がるだけになっている長い耳を撫でてやると、満足そうなため息が聞こえた。

眠っていると、まだあどけないほどの顔立ちだ。無防備に半びらきの唇に胸が締めつけられ、貴臣はそっとキスした。

「ありがとう、灯里」

灯里は、「貴臣さんが僕に全部をくれました」と言って笑うけれど、貴臣にしてみれば逆だ。

誰かを愛する気持ちも、なにものにも代えがたい家族も、灯里が連れてきてくれたのだ。

「きみは世界でたったひとりの、私の愛する妻だよ」

明日の朝になったら朝食を用意してから灯里を起こそう。そうして、彼の目を見て言おうと思う。

愛しているよと何度でも。

今以上に灯里が、幸せを感じてくれるように。

あとがき

こんにちは、または初めまして。葵居です。リンクスさんで十一冊目、トータル二十七冊目の本になりました。

今回はオメガバースということで、前回は他社さんでベータ受を書いたので、オメガ受も書いてみたいな～と思って書かせていただきました。

ちょっと不遇だけれど健気でいい子な受と、学者でやや変わり者だけれど誠実な年上攻という、大好きな組み合わせです。そして、実は一回も書いたことのなかった耳尻尾つきの受……！　うさぎさんにしよう、と決めてプロットを出したあと、担当さんと耳の形状について話しあったのですが、二人とも「ロップイヤーで！」と意見が一致してとっても嬉しかった、垂れ耳ちゃんです。

ちみっ子も出そうと決めていたので、こちらは狼さんにして、おいしそうなごはんをたっぷり、エッチはじっくり観察実況&手ほどき系の甘えろで、と毎度のことながら大好きなものをつめこんでみました。優しくて誠実な攻がHのときは命令口調、いいですよね！

ラストはオメガバースならではのハッピーエンドになっていると思います。優しくて平和な世界での甘いお話、楽しんでいただけたら嬉しいです。

あとがき

読み終わったときに、幸せいっぱいの気持ちになっていただけますように……♡

イラストのカワイチハル先生とは、今回でご一緒させていただくのが三作目（冊数でいうと四冊目）になります。毎回幸せな気持ちでご一緒させていただいていたので、再びご縁をいただけてとても嬉しいです。執筆中から先生のイラストを思い浮かべながら、楽しく書かせていただきました。キャラフだけでもとってもとっても可愛くて、皆様にもお見せしたいくらいでした！　カワイ先生、カラー、本文ともに素敵なイラストをありがとうございました。

いつもお世話になっている担当様、校正者様、書店様、制作等ご関係者様、そしてここまでおつきあいくださった読者の皆様にも、心からお礼申し上げます。

恒例となりました、ブログでのおまけSSも公開しますので、読んでやってくださいね。

http://aoiyuyu.jugem.jp

どこか一か所でも気に入っていただけていることを祈りつつ、また次の本でもお目にかかれれば幸いです。

二〇十九年二月　葵居ゆゆ

ふたりの彼の甘いキス

ふたりのかれのあまいきす

葵居ゆゆ

イラスト：兼守美行

本体価格 870 円+税

漫画家の潮北深晴は、担当編集である宮尾規一郎に恋心を抱いていたが、その想いを告げる勇気はなく、見ているだけで満足する日々を送っていた。そんなある日、出版パーティで知り合った宮尾の従弟で年下の俳優・湊介と仲良くなり、同居の話が持ち上がる。それを知った宮尾に、「それなら三人で住もう」と提案され、深晴は想い人の家で暮らすことに。さらに、湊介の手助けで宮尾と恋仲になれ、生まれて初めての甘いキスを知る。その矢先「深晴さんを毎日どんどん好きになる。だからここを出ていくね」と湊介にまさかの告白をされ、宮尾のことが好きなのに深晴の心は揺れ動き…？

リンクスロマンス大好評発売中

初恋ウエディング

はつこいうえでぃんぐ

葵居ゆゆ

イラスト：小椋ムク

本体価格870円+税

父子家庭で育った拓実の夢は、幸せな家庭を築くこと。でも、人の体温が苦手な拓実は半ばその夢を諦めていた。その矢先、子連れ女性との結婚に恵まれる。しかし、わずか半年で妻に金を持ち逃げされ、さらにアパートの立ち退きに遭い、父子で路頭に迷うことに…。そんな時、若手社長になっていた高校の同級生・偉月と再会する。実は拓実が人に触れなくなったのは偉月にキスをされたからで、そんな偉月から「住み込みで食事を作ってほしい」と頼まれる。その日から偉月と息子の愁との三人生活が始まって……？

LYNX ROMANCE

小説原稿募集

リンクスロマンスではオリジナル作品の原稿を随時募集いたします。

募集作品

リンクスロマンスの読者を対象にした商業誌未発表のオリジナル作品。
（商業誌未発表のオリジナル作品であれば、同人誌・サイト発表作も受付可）

募集要項

＜応募資格＞

年齢・性別・プロ・アマ問いません。

＜原稿枚数＞

４５文字×１７行（１枚）の縦書き原稿、２００枚以上２４０枚以内。
※印刷形式は自由。ただしＡ４用紙を使用のこと。
※手書き、感熱紙不可。
※原稿には必ずノンブル（通し番号）を入れてください。

＜応募上の注意＞

◆原稿の１枚目には、作品のタイトル、ペンネーム、住所、氏名、年齢、電話番号、メールアドレス、投稿（掲載）歴を添付してください。
◆２枚目には、作品のあらすじ（４００字～８００字程度）を添付してください。
◆未完の作品（続きものなど）、他誌との二重投稿作品は受付不可です。
◆原稿は返却いたしませんので、必要な方はコピー等の控えをお取りください。
◆１作品につき、ひとつの封筒でご応募ください。

＜採用のお知らせ＞

◆採用の場合のみ、原稿到着後６カ月以内に編集部よりご連絡いたします。
◆優れた作品は、リンクスロマンスより発行させていただきます。
原稿料は、当社既定の印税でのお支払いになります。
◆選考に関するお電話やメールでのお問い合わせはご遠慮ください。

宛　先

〒151-0051
東京都渋谷区千駄ヶ谷４−９−７
株式会社　幻冬舎コミックス
「リンクスロマンス　小説原稿募集」係

この本を読んでの
ご意見・ご感想を
お寄せ下さい。

〒151-0051
東京都渋谷区千駄ヶ谷4-9-7
(株)幻冬舎コミックス　リンクス編集部
「葵居(あおい)ゆゆ先生」係／「カワイチハル先生」係

リンクス ロマンス

愛されオメガの幸せごはん

2019年2月28日　第1刷発行

著者…………葵居(あおい)ゆゆ
発行人………石原正康
発行元………株式会社　幻冬舎コミックス
〒151-0051　東京都渋谷区千駄ヶ谷4-9-7
TEL 03-5411-6431（編集）
発売元………株式会社　幻冬舎
〒151-0051　東京都渋谷区千駄ヶ谷4-9-7
TEL 03-5411-6222（営業）
振替00120-8-767643
印刷・製本所…株式会社　光邦
検印廃止

ISBN978-4-344-84410-0 C0293
Printed in Japan

幻冬舎コミックスホームページ　http://www.gentosha-comics.net